魔法科高中的劣等生 27

The irregular at magic high school

急轉篇

佐島 勤
Tsutomu Sato

illustration／石田可奈
Kana Ishida

illustrator assistant／ジミー・ストーン、末永康子

KEYWORDS

魔法式的新模組「連鎖演算」

伊果．安德烈維齊．貝佐布拉佐夫使用的戰略級魔法「水霧炸彈」，司波達也分析其基礎技術之後重現，成為新的魔法技術。
「循環演算」是在魔法演算領域裡，對魔法式本身賦予建構啟動式的功能，使得魔法可以連續發動。相對的，「連鎖演算」是在魔法發動對象的情報體，設定不同於原始魔法的座標變數與時間變數，讓魔法式建構魔法式的技術。
換句話說，「循環演算」只是完全複製相同的啟動式，「連鎖演算」是連鎖複製出預先輸入不同變數的小規模魔法式，藉以在指定空間發動大規模魔法。
「水霧炸彈」推測就是利用這項技術，連鎖建構出許多將水分離為氫與氧並且點火的小規模魔法，再以預先組入的延遲發動術式同時發動這些魔法造成大爆炸。
不過，將原始魔法式複製展開的次要魔法式內含過於龐大的情報量，所以使用這種魔法的魔法師也被要求具備龐大的魔法力。

新戰略級魔法「海爆」

據傳是吉祥寺真紅郎依照司波達也提供的「連鎖演算」基本設計書研發的新戰略級魔法。
魔法使用者與魔法細節在現階段不得而知，但推測是在廣範圍海面展開魔法式，一齊氣化海水造成大規模水蒸氣爆炸的魔法，在海面以及正上方發揮的威力，比起戰略級魔法「水霧炸彈」也毫不遜色。

背負某項缺陷的劣等生哥哥。
一切完美無瑕的優等生妹妹。
這對兄妹就讀魔法科高中之後，

風波不斷的每一天就此揭開序幕——

佐島 勤
Tsutomu Sato
illustration
石田可奈
Kana Ishida

Kadokawa Fantastic Novels

Character
登場角色介紹

吉田幹比古

就讀於三年B班，出自古式魔法名門。
從小就認識艾莉卡。

司波達也

就讀於三年E班。達觀一切。
妹妹深雪的「守護者」。

司波深雪

就讀於三年A班，達也的妹妹。
前年以首席成績入學的優等生。
擅長冷卻魔法。溺愛哥哥。

光井穗香

就讀於三年A班，深雪的同班同學。
擅長光波振動系魔法。
一旦擅自認定後就頗為一意孤行。

西城雷歐赫特

就讀於三年F班，達也的朋友。
二科生。擅長硬化魔法。
個性開朗。

北山 雫

就讀於三年A班，深雪的同班同學。
擅長振動與加速系魔法。
情緒起伏鮮少展露於言表。

千葉艾莉卡

就讀於三年F班，達也的朋友。
二科生。
可愛的闖禍大王。

柴田美月

就讀於三年E班，達也的朋友。
罹患靈子放射光過敏症。
有點少根筋的認真少女。

里美 昴

就讀於三年D班。
宛如美少年的少女。
個性開朗隨和。

英美・艾米莉雅・格爾迪・明智

就讀於三年B班，隔代混血兒。
平常被稱為「艾咪」。
名門格爾迪家的子女。

櫻小路紅葉

三年B班，昴與艾咪的朋友。
便服是哥德蘿莉風格。
喜歡主題樂園。

森崎 駿

三年A班，深雪的
同班同學。擅長高速操作CAD。
身為一科生的自尊強烈。

十三束 鋼

就讀於三年E班。別名「Range Zero」（射程距離零）。
「魔法格鬥武術」的高手。

七草真由美

畢業生。現在是魔法大學學生。
擁有令異性著迷的
小惡魔個性，
不擅長應付他人攻勢。

中条 梓

畢業生。曾任學生會會長。
生性膽小，
個性畏首畏尾。

市原鈴音

畢業生。現在是魔法大學學生。
冷靜沉著的智慧型人物。

服部刑部少丞範藏

畢業生。社團聯盟總長。
雖然優秀，卻有著
過於正經的一面。

渡邊摩利

畢業生。真由美的好友。
各方面傾向好戰。

十文字克人

畢業生。
現在升學至魔法大學。
達也形容為「如同巨巖的人物」。

辰巳鋼太郎

畢業生。曾任風紀委員。
個性豪爽。

關本 勳

畢業生。曾任風紀委員。
論文競賽校內審查第二名。
犯下間諜行為。

澤木 碧

畢業生。曾任風紀委員。
對女性化的名字
耿耿於懷。

桐原武明

畢業生。關東劍術大賽
國中組冠軍。

五十里 啟

畢業生。曾任學生會會計。
魔法理論成績優秀。
千代田花音的未婚夫。

壬生紗耶香

畢業生。劍道大賽
國中女子組全國亞軍。

千代田花音

畢業生。
曾任風紀委員長。
和學姊摩利一樣好戰。

七草香澄

二年級。七草真由美的妹妹。
泉美的雙胞胎姊姊。
個性活潑開朗。

七寶琢磨

二年級。有力的魔法師家系
並且新加入十師族的
「七寶家」的長子。

七草泉美

二年級。七草真由美的妹妹。
香澄的雙胞胎妹妹。
個性成熟穩重。

櫻井水波

二年級。
立場是達也與深雪的表妹。
深雪的守護者候選人。

隅守賢人

二年級。白種人少年。
父母從USNA歸化日本。

安宿怜美

第一高中保健醫生。
穩重溫柔的笑容
大受男學生歡迎。

平河小春

畢業生。以工程師身分
參加九校戰。
主動放棄參加論文競賽。

廿樂計夫

第一高中教師。
擅長魔法幾何學。
論文競賽的負責人。

平河千秋

三年級。
敵視達也。

珍妮佛・史密斯

歸化日本的白種人。達也的班級
與魔法工學課程的指導教師。

三矢詩奈

第一高中的「新生」。
由於聽覺過於敏銳，
所以總是戴著耳罩。

千倉朝子

畢業生。九校戰新項目
「堅盾對壘」的女子單人賽選手。

矢車侍郎

詩奈的青梅竹馬。
自稱是「護衛」。

五十嵐亞實

畢業生。曾任兩項競賽社社長。

五十嵐鷹輔

三年級。亞實的弟弟。個性有些懦弱。

小野 遙

第一高中的
綜合輔導老師。
生性容易被欺負，
卻有不為人知的另一面。

三七上凱利

畢業生。九校戰「祕碑解碼」
正規賽的男生選手。

九重八雲

擅長古式魔法「忍術」。
達也的體術老師。

國東久美子

畢業生，在九校戰競賽項目
「操舵射擊」和艾咪搭檔的選手。
個性相當平易近人。

一条剛毅

將輝的父親。
十師族一条家現任當家。

一条將輝

第三高中的三年級學生。
「十師族」一条家的
下任當家。

一条美登里

將輝的母親。
個性溫和，
廚藝高明。

吉祥寺真紅郎

第三高中的三年級學生。
以「始源喬治」的
別名眾所皆知。

一条 茜

一条家長女。將輝的妹妹。
國中二年級學生。
心儀真紅郎。

黑羽 貢

司波深夜、
四葉真夜的表弟。
亞夜子、文彌的父親。

一条瑠璃

一条家二女。將輝的妹妹。
我行我素，行事可靠。

黑羽亞夜子

達也與深雪的遠房表妹。
和弟弟文彌是雙胞胎。
第四高中的學生。

北山 潮

雫的父親。企業界的大人物。
商業假名是北方潮。

黑羽文彌

曾是四葉下任當家候選人。
達也與深雪的遠房表弟。
和姊姊亞夜子是雙胞胎。
第四高中的學生。

北山紅音

雫的母親。曾以振動系魔法
聞名的A級魔法師。

吉見

四葉的魔法師，黑羽家的親戚。
超能力者，可讀取人體所殘留的
想子情報體痕跡。極度的祕密主義。

北山 航

雫的弟弟。國中一年級。
非常仰慕姊姊。
目標是成為魔工技師。

鳴瀨晴海

雫的表哥。國立魔法大學附設第四高中的學生。

牛山

FLT的CAD開發第三課主任。
受到達也的信任。

千葉壽和

千葉艾莉卡的大哥。已故。
警察省國家公務員。

恩斯特・羅瑟

首屈一指的CAD製作公司
羅瑟魔工所
日本分公司社長。

千葉修次

千葉艾莉卡的二哥。摩利的男友。
具備千刃流劍術免許皆傳資格。
別名「千葉的麒麟兒」。

九島 烈

被譽為世界最強
魔法師之一的人物。
眾人尊稱為「宗師」。

稻垣

已故。生前是
警察省的巡查部長，
千葉壽和的部下。

九島真言

日本魔法界長老——
九島烈的兒子，
九島家現任當家。

小和村真紀

實力足以在著名電影獎
入圍最佳女主角的女星。
不只是美貌，演技也得到認同。

九島光宣

真言的兒子。雖是國立魔法大
學附設第二高中的二年級學生，
但因為經常生病幾乎沒上學。
和藤林響子是異父同母的姊弟。

琵庫希

魔法科高中擁有的
家事輔助機器人。
正式名稱是3H
（Humanoid Home Helper：
人型家事輔助機械）P94型。

九鬼 鎮

服從九島家的師補十八家之一。
尊稱九島烈為「老師」。

陳祥山

大亞聯軍
特殊作戰部隊隊長。
心狠手辣。

呂剛虎

大亞聯軍特殊作戰部隊的
王牌魔法師。
別名「食人虎」。

周公瑾

安排大亞聯盟的呂與陳
來到橫濱的俊美青年。
在中華街活動的神秘人物。

鈴

森崎拯救的少女。
全名是「孫美鈴」。
香港國際犯罪組織
「無頭龍」的新領袖。

布萊德利·張

逃離大亞聯盟的軍人。
階級是中尉。

丹尼爾·劉

和張一樣是大亞聯盟的逃兵。
也是沖繩祕密破壞行動的主謀。

檜垣喬瑟夫

昔日大亞聯盟親侵略沖繩時，
和達也並肩作戰的魔法師軍人。
別名「遺族血統」的
前沖繩駐留美軍遺孤的子孫。

風間玄信

陸軍101旅
獨立魔裝大隊隊長。
階級為中校。

真田繁留

陸軍101旅
獨立魔裝大隊幹部。
階級為少校。

藤林響子

擔任風間副官的
女性軍官。階級為中尉。

佐伯廣海

國防陸軍101旅旅長。階級為少將。
獨立魔裝大隊隊長風間玄信的長官。
外貌使她別名「銀狐」。

柳 連

陸軍101旅
獨立魔裝大隊幹部。
階級為少校。

山中幸典

陸軍101旅獨立魔裝大隊幹部。
少校軍醫，一級治癒魔法師。

酒井

國防陸軍總司令部軍官，階級為上校。
被視為反大亞聯盟的強硬派。

新發田勝成

曾是四葉家下任當家
候選人之一。防衛省職員。
第五高中校友。
擅長聚合系魔法。

四葉真夜

達也與深雪的姨母。
深夜的雙胞胎妹妹。
四葉家現任當家。

堤 琴鳴

新發田勝成的守護者。
調整體「樂師系列」第二代。
適合使用關於聲音的魔法。

葉山

服侍真夜的
高齡管家。

堤 奏太

新發田勝成的守護者。
調整體「樂師系列」
第二代。琴鳴的弟弟，
和她一樣適合使用
關於聲音的魔法。

司波深夜

達也與深雪的母親。已故。
唯一擅長精神構造干涉魔法的
魔法師。

花菱兵庫

服侍四葉家的
青年管家。
順位第二名之
花菱管家的兒子。

櫻井穗波

深夜的「守護者」。已故。
接受基因操作，強化魔法天分
而成的調整體魔法師
「櫻」系列第一代。

司波小百合

達也與深雪的繼母。
厭惡兩人。

津久葉夕歌

曾是四葉家
下任當家候選人之一。
曾任第一高中學生會副會長。
擅長精神干涉系魔法。

安潔莉娜・庫都・希爾茲

USNA魔法師部隊「STARS」的總隊長。階級是少校。暱稱是莉娜。
也是戰略級魔法師「十三使徒」之一。

瓦吉妮雅・巴藍斯

USNA統合參謀總部情報部內部監察局第一副局長。
階級是上校。來到日本支援莉娜。

希兒薇雅・瑪裘利・法斯特

USNA魔法師部隊「STARS」的行星級魔法師。階級是准尉。
暱稱是希兒薇，姓氏來自軍用代號「第一水星」。
在日本執行作戰時，擔任希利鄔斯少校的輔佐。

班哲明・卡諾普斯

USNA魔法師部隊「STARS」的第二把交椅。
階級是少校。希利鄔斯少校不在時的
代理總隊長。

米卡艾拉・弘格

USNA派到日本的間諜
（正職是國防總署的魔法研究人員）。
暱稱是米亞。

克蕾雅

獵人Q——沒能成為「STARS」的
魔法師部隊「STARDUST」的女兵。
Q意味著追蹤部隊的第17順位。

瑞琪兒

獵人R——沒能成為「STARS」的
魔法師部隊「STARDUST」的女兵。
R意味著追蹤部隊的第18順位。

神田

民權黨的年輕政治家。
對於國防軍採取批判態度的人權派。
也是反魔法主義者。

上野

以東京為地盤的
執政黨年輕政治家。
眾所皆知親近魔法師的議員。

亞弗列德・佛瑪浩特

USNA魔法師部隊「STARS」的一等星魔法師。
階級是中尉。暱稱是弗列迪。
逃離STARS。

查爾斯・沙立文

USNA魔法師部隊「STARS」的衛星級魔法師。
別名「第二魔星」。
逃離STARS。

雷蒙德・S・克拉克

雫留學的USNA柏克萊某高中同學。
是名動不動就主動
和雫示好的白人少年。
真實身分是「七賢人」之一。

近江圓磨

熟悉「反魂術」的魔法研究家，
別名「傀儡師」的古式魔法師。
據說可以使用禁忌的魔法
將屍體化為傀儡。

顧傑

「七賢人」之一。
別名紀德．黑顧，
大漢軍方術士部隊的倖存者。

喬．杜

協助黑顧逃走的神秘男性。能力出色，即使是
要躲避十師族魔法師們追捕的
困難工作也能俐落完成。

詹姆士．傑克森

從澳大利亞來到
日本沖繩的觀光客。
不過他的真實身分是——

卡拉．施米特

德意志聯邦的戰略級魔法師。
在柏林大學設立研究所的教授。

賈絲敏．傑克森

詹姆士的女兒。
雖然年僅十二歲，
卻是非常穩重，
應對進退相當成熟的少女。

伊果．安德烈維齊．貝佐布拉佐夫

新蘇維埃聯邦的戰略級魔法師。
科學協會魔法研究領域的
第一把交椅。

威廉．馬克羅德

英國的戰略級魔法師。
在國外數間知名大學
擁有教授資格的才子。

艾德華．克拉克

USNA國家科學局（NSA）所屬的技術學者。
「至高王座」的管理者。

劉麗蕾

繼承大亞聯盟戰略級魔法
「霹靂塔」的少女。
據說是劉雲德的孫女。

七草弘一

真由美的父親。
七草家當家。
也是超一流的魔法師。

二木舞衣

十師族「二木家」當家。
住在兵庫縣蘆屋。
表面職業是
數間化學工業、
食品工業公司的大股東。
負責監護阪神
與中國地區。

名倉三郎

受僱於七草家的強力魔法師。
已故。主要擔任真由美的貼身護衛。

三矢 元

十師族「三矢家」當家。住在神奈川縣厚木。
表面職業（不太確定是否能這麼形容）
是跨國的小型兵器掮客。
負責運用至今依然在運作的第三研。

五輪勇海

十師族「五輪家」當家。住在愛媛縣宇和島。
表面職業是海運公司的重鎮，
實質上的老闆。
負責監護四國地區。

六塚溫子

十師族「六塚家」當家。住在宮城縣仙台。
表面職業是地熱發電所挖掘公司的實質老闆。
負責監護東北地區。

八代雷藏

十師族「八代家」當家。住在福岡縣。
表面職業是大學講師以及數間通訊公司的大股東。
負責監護沖繩以外的
九州地區。

十文字和樹

十師族「十文字家」當家。住在東京都。
表面職業是做國防軍生意的
土木建設公司老闆。
和七草家一起負責監護
包含伊豆的關東地區。

東道青波

八雲稱他為「青波高僧閣下」。
如同僧侶般剃髮的老翁，
但真實身分不明。
依照八雲的說法是
四葉家的贊助者。

遠山（十山）司

輔佐十師族的
師補十八家「十山家」的魔法師。
存在目的不是保護國民，
而是保護國家機能。

部分插圖協助／魔法科高中製作委員會

Glossary
用語解說

一科生的徽章

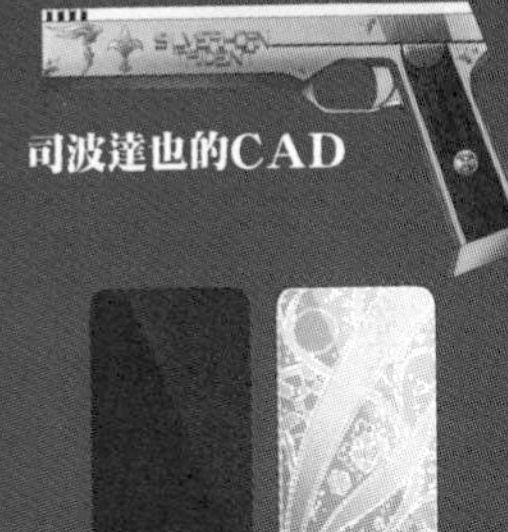

司波達也的CAD

司波深雪的CAD

魔法科高中
國立魔法大學附設高中的通稱，全國總共設立九所學校。
其中的第一至第三高中，每學年招收兩百名學生，
並且分為一科生與二科生。

花冠、雜草
第一高中用來形容一科生與二科生階級差異的隱語。
一科生制服的左胸口繡著以八枚花瓣組成的徽章，
不過二科生制服沒有。

CAD
簡化魔法發動程序的裝置，
內部儲存使用魔法所需的程式。
分成特化型與泛用型，外型也是各有不同。

Four Leaves Technology〔FLT〕
國內一家CAD製造公司。
原本該公司製造的魔法工學零件比成品有名，
但在開發「銀式」之後，
搖身一變成為知名的CAD製造公司。

托拉斯・西爾弗
短短一年就讓特化型CAD的軟體技術進步十年，
而為人所稱頌的天才技師。

Eidos〔個別情報體〕
原為希臘哲學用語。在現代魔法學，個別情報體指的是
「伴隨事物現象而來的情報」，是「事象」曾經存在於
「世界」的記錄，也可以說是「事象」留在「世界」的足跡。
依照現代魔法學的定義，「魔法」就是修改個別情報體，
藉以改寫個別情報體所代表的「事象」的技術。

Idea〔情報體次元〕
原為希臘哲學用語。在現代魔法學，情報體次元指的是「用來記錄個別情報體的平台」。
魔法的原始形態，就是將魔法式輸入這個名為「情報體次元」的平台，
改寫平台裡「個別情報體」的技術。

啟動式
為魔法的設計圖，用來構築魔法的程式。
啟動式的資料檔案，是以壓縮形式儲存在CAD，魔法師輸入想子波展開程式之後，
啟動式會依照資料內容轉換為訊號，並且回傳給魔法師。

想子
位於靈異現象次元的非物質粒子，記錄認知與思考結果的情報元素。
成為現代魔法理論基礎的「個別情報體」，成為現代魔法骨幹的「啟動式」和
「魔法式」技術，都是由想子建構而成。

靈子
位於靈異現象次元的非物質粒子。雖然已經確認其存在，但是形態與功能尚未解析成功。
一般的魔法師，頂多只能「感覺到」活化狀態的靈子。

魔法師
「魔法技能師」的簡稱。能將魔法施展到實用等級的人，統稱為魔法技能師。

魔法式
用來暫時改變伴隨事物現象而來的情報之情報體。由魔法師持有的想子構築而成。

魔法演算領域

構築魔法式的精神領域，也就是魔法資質的主體。該處位於魔法師的潛意識領域，魔法師平常可以意識到魔法演算領域並且使用，卻無法意識到內部的處理過程。對魔法師本人來說，魔法演算領域也堪稱是個黑盒子。

魔法式的輸出程序

❶從CAD接收啟動式，這個步驟稱為「讀取啟動式」。
❷在啟動式加入變數，送入魔法演算領域。
❸依照啟動式與變數構築魔法式。
❹將構築完成的魔法式，傳送到潛意識領域最上層暨意識領域最底層的「基幹」，從意識與潛意識之間的「閘門」輸出到情報體次元。
❺輸出到情報體次元的魔法式，會干涉指定座標的個別情報體進行改寫。

「實用等級」魔法師的標準，是在施展單一系統暨單一工序的魔法時，於半秒內完成這些程序。

魔法的評價基準（魔法力）

構築想子情報體的速度是魔法的處理能力、
構築情報體的規模上限是魔法的容納能力、
魔法式改寫個別情報體的強度是魔法的干涉能力，
這三項能力總稱為魔法力。

始源碼假說

主張「加速、加重、移動、振動、聚合、發散、吸收、釋放」四大系統八大種類的魔法，各自擁有正向與負向共計十六種基礎魔法式，以這十六種魔法式搭配組合，就能構築所有系統魔法的理論。

系統魔法

歸類為四大系統八大種類的魔法。

系統外魔法

並非操作物質現象，而是操作精神現象的魔法統稱。
從使喚靈異存在的神靈魔法、精靈魔法，或是讀心、靈魂出竅、意識操控等，包括的種類琳琅滿目。

十師族

日本最強的魔法師集團。一条、一之倉、一色、二木、二階堂、二瓶、三矢、三日月、四葉、五輪、五頭、五味、六塚、六角、六鄉、六本木、七草、七寶、七夕、七瀨、八代、八朔、八幡、九島、九鬼、九頭見、十文字、十山共二十八個家系，每四年召開一次「十師族甄選會議」，選出的十個家系就稱為「十師族」。

含數家系

如同「十師族」的姓氏有一到十的數字，「百家」之中的主流家系姓氏也有十一以上的數字，例如「『千』代田」、「『五十』里」、「『千』葉」家。
數字大小不代表實力強弱，但姓氏有數字就代表血統純正，可以作為推測魔法師實力的依據之一。

失數家系

亦被簡稱「失數」，是「數字」遭受剝奪的魔法師族群。
昔日魔法師被視為兵器暨實驗樣本的時候，評定為「成功案例」得到數字姓氏的魔法師，要是沒有立下「成功案例」應有的成績，就得接受這樣的烙印。

各式各樣的魔法

● 悲嘆冥河
凍結精神的系統外魔法。凍結的精神無法命令肉體死亡，
中了這個魔法的對象，肉體將會隨著精神的「靜止」而停止、僵硬。
依照觀測，精神與肉體的相互作用，也可能導致部分肉體結晶化。

● 地鳴
以獨立情報體「精靈」為媒介振動地面的古式魔法。

● 術式解散
把建構魔法的魔法式，分解為構造無意義的想子粒子群的魔法。
魔法式作用於伴隨事象而來的情報體，基於這種性質，魔法式的情報結構一定會曝光，無法防止外力進行干涉。

● 術式解體
將想子粒子群壓縮成塊，不經由情報體次元直接射向目標物引爆，摧毀目標物的啟動式或魔法式這種紀錄魔法的想子情報體，屬於無系統魔法。
即使歸類為魔法，但只是一種想子砲彈，結構不包含改變事象的魔法式，因此不受情報強化或領域干涉的影響。此外，砲彈本身的壓力也足以反彈演算干擾的影響。由於完全沒有物理作用力，任何障礙物都無法防堵。

● 地雷原
泥土、岩石、砂子、水泥，不拘任何材質，
總之只要是具備「地面」概念的固體，就能施以強力振動的魔法。

● 地裂
由獨立情報體「精靈」為媒介，以線形壓潰地面，
使地面乍看之下彷彿裂開的魔法。

● 乾冰雹暴
聚集空氣中的二氧化碳製作成乾冰粒，
將凍結過程剩餘的熱能轉換為動能，高速射出乾冰粒的魔法。

● 迅襲雷蛇
在「乾冰雹暴」製造乾冰顆粒時，凝結乾冰氣化產生的水蒸氣，
溶入二氧化碳氣體使其形成高導電霧，再以振動系與釋放系魔法產生摩擦靜電。以溶入碳酸的水霧或水滴為導線，朝對方施展電擊的組合魔法。

● 冰霧神域
振動減速系廣域魔法。冷卻大容積的空氣並操縱其移動，
造成廣範圍的凍結效果。
簡單來說，就像是製造超大冰箱一樣。
發動時產生的白霧，是在空中凍結的冰或乾冰。
但要是提升層級，有時也會混入凝結為液態氮的霧。

● 爆裂
將目標物內部液體氣化的發散系魔法。
如果是生物就是體液氣化導致身體破裂，
如果是以內燃機為動力的機械就是燃料氣化爆炸。
燃料電池也不例外。即使沒有搭載可燃的燃料，無論是電池液、油壓液、冷卻液或潤滑液，世間沒有機械不搭載任何液體，因此只要「爆裂」發動，幾乎所有機械都會毀損而停止運作。

● 亂髮
不是指定角度改變風向，而是為了造成「絆腳」的含糊結果操作氣流，以極接近地面的氣流促使草葉纏住對方雙腳的古式魔法。只能在草長得夠高的原野使用。

魔法劍

使用魔法的戰鬥方式，除了以魔法本身為武器作戰，還有以魔法強化、操作武器的技術。
以魔法配合槍、弓箭等射擊武器的術式為主流，不過在日本，劍技與魔法組合而成的「劍術」也很發達。
現代魔法與古式魔法兩種領域，都開發出堪稱「魔法劍」的專用魔法。

1.高頻刃

高速振動刀身，接觸物體時傳導超越分子結合力的振動，將固體局部液化之後斬斷的魔法。和防止刀身自我毀壞的術式配套使用。

2.壓斬

使劍尖朝揮砍方向的水平兩側產生排斥力，將劍刃接觸的物體像是左右推壓般割斷的魔法。排斥力場細得未滿一公釐，強度卻足以影響光波，因此從正面看劍尖是一條黑線。

3.童子斬

被視為源氏秘劍而相傳至今的古式魔法。遙控兩把刀再加上手上的刀，以三把刀包圍對手並同時砍下的魔法劍技。以同音的「童子斬」隱藏原本「同時斬」的意義。

4.斬鐵

千葉一門的祕劍。不是將刀視為鋼塊或鐵塊，而是定義為「刀」這種單一概念，依循魔法式所設定的刀路而動的移動系統魔法。被定義為單一概念的「刀」如同單分子結晶之刃，不會折斷、彎曲或缺角，將會沿著刀路劈開所有物體。

5.迅雷斬鐵

以專用武裝演算裝置「雷丸」施展的「斬鐵」進化型。將刀與劍士定義為單一集合概念，因此從接觸敵人到出招的一連串動作，都能毫無誤差地高速執行。

6.山怒濤

以全長一八〇公分的大型專用武器「大蛇丸」所施展的千葉一門的祕劍。將己身與刀的慣性減低到極限並高速接近對手，在交鋒瞬間將至今消除的慣性疊加，提升刀身慣性後砍向對方。這股偽造的慣性質量和助跑距離成正比，最高可達十噸。

7.薄翼蜻蜓

將奈米碳管編織為厚度十億分之五公尺的極致薄膜，再以硬化魔法固定為全平面而化為刀刃的魔法。薄翼蜻蜓製成的刀身比任何刀劍或剃刀都要銳利，但術式不支援揮刀動作，因此術士必須具備足夠的刀劍造詣與臂力。

魔法技能師開發研究所

西元二〇三〇年代，日本政府因應第三次世界大戰當前而緊張化的國際情勢，接連設立開發魔法師的研究所。研究目的不是開發魔法，始終是開發魔法師，為了製造出最適合使用所需魔法的魔法師，基因改造也在研究範圍。

魔法技能師開發研究所設立了第一至第十共十所，至今依然有五所運作中。

各研究所的細節如下所述：

魔法技能師開發第一研究所

二〇三一年設立於金澤市，現在已關閉。

開發主題是進行對人戰鬥時直接干涉生物體的魔法。氣化魔法「爆裂」是衍生形態之一。不過，操作人體動作的魔法可能會引發傀儡攻擊（操作他人進行的自殺式恐怖攻擊），因此禁止研發。

魔法技能師開發第二研究所

二〇三一年設立於淡路島，運作中。

和第一研的主題成對，開發的魔法是干涉無機物的魔法。尤其是關於氧化還原反應的吸收系魔法。

魔法技能師開發第三研究所

二〇三二年設立於厚木市，運作中。

目的是開發出能獨力應付各種狀況的魔法師，致力於多重演算的研究。尤其竭力實驗測試可以同時發動、連續發動的魔法數量極限，開發可以同時發動複數魔法的魔法師。

魔法技能師開發第四研究所

詳情不明，推測位於前東京都與前山梨縣的界線附近，設立時間則估計是二〇三三年。現在宣稱已經關閉，而實際狀況也不明。只有前第四研不是由政府，是對國家具備強大影響力的贊助者設立。傳聞現在該研究所從國家獨立出來，接受贊助者的支援繼續運作，也傳聞該贊助者實際上從二〇二〇年代之前就經營著該研究所。

據說其研究目標是試圖利用精神干涉魔法，強化「魔法」這種特異能力的源泉，也就是魔法師潛意識領域的魔法演算領域。

魔法技能師開發第五研究所

二〇三五年設立於四國的宇和島市，運作中。

研究的是干涉物質形狀的魔法。主流研究是技術難度較低的流體控制，但也成功研究出干涉固體形狀的魔法。其成果就是和USNA共同開發的「巴哈姆特」。加上流體干涉魔法「深淵」，該研究所開發出兩個戰略級魔法，是國際聞名的魔法研究機構。

魔法技能師開發第六研究所

二〇三五年設立於仙台市，運作中。

研究如何以魔法控制熱量。和第八研同樣偏向是基礎研究機構，相對的缺乏軍事色彩。不過除了第四研，據說在魔法技能師開發研究所之中，第六研進行基因改造實驗的次數最多（第四研實際狀況不明）。

魔法技能師開發第七研究所

二〇三六年設立於東京，現在已關閉。

主要開發反集團戰鬥用的魔法，群體控制魔法為其成果。第六研的軍事色彩不強，促使第七研成為兼任戰時首都防衛工作的魔法師開發研究設施。

魔法技能師開發第八研究所

二〇三七年設立於北九州市，運作中。

研究如何以魔法操作重力、電磁力與各種強弱不同的交互作用力。基礎研究機構的色彩比第六研更濃厚，但是和國防軍關係密切，這一點和第六研不同。部分原因在於第八研的研究內容很容易連結到核武開發，在國防軍的保證之下，才免於被質疑暗中開發核武。

魔法技能師開發第九研究所

二〇三七年設立於奈良市，現在已關閉。

研究如何將現代魔法與古式魔法融合，試圖藉由讓現代魔法吸收古式魔法的相關知識，解決現代魔法不擅長的各種課題（例如模糊不明確的術式操作）。

魔法技能師開發第十研究所

二〇三九年設立於東京，現在已關閉。

和第七研同樣兼具防衛首都的目的，研究如何在空間產生虛擬結構物的領域魔法，作為遭遇高火力攻擊的防禦手段。各式各樣的反物理護壁魔法為其成果。

此外，第十研試圖使用不同於第四研的手段激發魔法能力。具體來說，他們致力開發的魔法師並非強化魔法演算領域本身，而是能讓魔法演算領域暫時超頻，因應需求使用強力的魔法。但是成功與否並未公開。

除了上述十間研究所，開發元素家系的研究所從二〇一〇年代運作到二〇二〇年代，但現今全部關閉。此外，國防軍在二〇〇二年設立直屬於陸軍總司令部的祕密研究機構，至今依然獨自進行研究。九島烈加入第九研之前，都在這個研究機構接受強化處置。

戰略級魔法師——十三使徒

現代魔法是在高度科技之中培育而成，因此能開發強力軍事魔法的國家有限，導致只有少數國家能開發匹敵大規模破壞兵器的戰略級魔法。

不過，開發成功的魔法會提供給同盟國，高度適合使用戰略級魔法的同盟國魔法師，也可能被認證為戰略級魔法師。

在2095年4月，各國認定適合使用戰略級魔法，並且對外公開身分的魔法師共十三名。他們被稱為「十三使徒」，公認是世界軍事平衡的重要因素。

十三使徒的國籍、姓名與戰略級魔法名稱如下所述：

USNA

安吉．希利鄔斯：「重金屬爆散」
艾里歐特．米勒：「利維坦」
羅蘭．巴特：「利維坦」
※其中只有安吉．希利鄔斯任職於STARS。艾里歐特．米勒位於阿拉斯加基地，羅蘭．巴特位於國外的直布羅陀基地，兩人基本上不會出動。

新蘇維埃聯邦

伊果．安德烈維齊．貝佐布拉佐夫：「水霧炸彈」
列昂尼德．肯德拉切科：「大地紅軍」
※肯德拉切科年事已高，基本上不會離開黑海基地。

大亞細亞聯盟

劉麗蕾：「霹靂塔」
※劉雲德已於2095年10月31日的對日戰鬥中戰死。

印度、波斯聯邦

巴拉特．錢德勒．坎恩：「神焰沉爆」

日本

五輪 澪：「深淵」

巴西

米吉爾．迪亞斯：「同步線性融合」
※魔法式為USNA提供。

英國

威廉．馬克羅德：「臭氧循環」

德國

卡拉．施米特：「臭氧循環」
※臭氧循環的原型，是分裂前的歐盟因應臭氧層破洞而共同研發的魔法。後來由英國完成，依照協定向前歐盟各國公開魔法式。

土耳其

阿里．夏亨：「巴哈姆特」
※魔法式為USNA與日本所共同開發完成，由日本主導提供。

泰國

梭姆．查伊．班納克：「神焰沉爆」
※魔法式為印度、波斯聯邦提供。

The International Situation
2096年現在的世界情勢

以全球寒冷化為直接契機的第三次世界大戰──二十年世界連續戰爭大幅改寫了世界地圖。世界現狀如下所述：

USA合併加拿大以及墨西哥到巴拿馬等各國，組成北美利堅大陸合眾國（USNA）。

俄羅斯再度吸收烏克蘭與白俄羅斯，組成新蘇維埃聯邦（新蘇聯）。

中國征服緬甸北部、越南北部、寮國北部以及朝鮮半島，組成大亞細亞聯盟（大亞聯盟）。

印度與伊朗併吞中亞各國（土庫曼、烏茲別克、塔吉克、阿富汗）以及南亞各國（巴基斯坦、尼泊爾、不丹、孟加拉、斯里蘭卡），組成印度、波斯聯邦。

亞洲阿拉伯其餘國家，分區締結軍事同盟，對抗新蘇聯、大亞聯盟以及印度、波斯聯邦三大國。

澳洲選擇實質鎖國。

歐洲整合失敗，以德國與法國為界分裂為東西兩側。東歐與西歐也沒能各自整合為單一國家，團結力甚至不如戰前。

非洲各國半數完全消滅，倖存的國家也只能勉強維持都市周邊的統治權。

南美除了巴西，都處於地方政府各自為政的小國分立狀態。

The irregular at magic high school

【1】

二〇九七年七月一日夜晚。

今天是最近難得看得見星星的夜晚。雖然比往年早，不過大概是梅雨季即將結束吧。

水波在熄了燈的病房打開窗戶看著夜空，心不在焉這麼想。

在短短的十分鐘前，這間病房都還因為年輕女孩的聲音而熱鬧不已。水波自己無疑也是「年輕女孩」，但她平常就不算是愛說話的人。室內之所以洋溢開朗氣氛，源自前來探視她的兩個學姊——深雪與艾莉卡的聊天。

水波住院之後，深雪每天都來她的病房。自己的主人每天不畏辛勞前來，水波不只抱歉更感惶恐，雖然屢次婉拒，但深雪完全不肯聽進去。

總不能直接開口要求「不要過來」，所以水波將此當成自身忠誠得到認同的證明，以這種方式說服自己忍受不自在的感覺。相對的，深雪這麼關心她，水波也感到窩心。

深雪是水波的主人，造成水波住院的事件也和她有關。深雪探視水波沒什麼好奇怪的。不過艾莉卡出現在病房的瞬間，水波老實說感到困惑。

客觀來看，水波和艾莉卡沒什麼交集。即使同樣拿高年級學生來比較，艾莉卡不像穗香在學生會和水波共事，也不像經常造訪學生會室的雫有許多機會見面，更不像雷歐在社團和水波是學長學妹的關係。

水波幾乎只在陪深雪放學的時候會和艾莉卡一起行動。而且在通往車站的通學路上也幾乎不會被艾莉卡搭話，兩人頂多只在中途去咖啡廳坐的時候才會交談。

這樣的艾莉卡沒有老班底相伴，只和深雪一起來探視的原因，水波隱約察覺了。

大概是來協助護衛的。

達也今晚沒來病房露面。水波昨天就聽他本人親口說「明晚沒辦法來探視」。雖然沒說明無法前來的原因，不過既然和深雪分頭行動，肯定是非得完成重要的任務吧。

水波不必知道達也的工作內容。會影響到她的只有一件事，就是醫院如果在這段時間遇襲，達也沒辦法來救她。

就算這麼說，水波也沒有責備達也的意思。因為水波本來不是處於被保護的立場。水波身為四葉家的魔法師，她必須保護的對象只有深雪，不過達也是深雪的未婚夫，水波要是接受達也的保護，主僕關係就反過來了。至少水波是這麼認為的。

達也在意自己無法過來，所以請艾莉卡代勞？

水波連忙消除腦中不經意浮現的這個想法。四葉家旗下的魔法師以警衛身分進駐這間醫院，知道這件事的達也不可能另外委託同年級的女學生擔任護衛（即使她實力了得）。水波認為自己的想法是「自我意識過剩」而感到丟臉。不過事實上雖不中亦不遠矣。

此外，深雪與艾莉卡並不是抱著玩樂的心態嬉鬧。兩人是在進行熱鬧的讀書會，由艾莉卡拿課本不懂的部分請教深雪。

明天起，第一高中舉行為期五天的第一學期期末考。

想到這件事，水波就變得憂鬱。她預定在七月九日出院。相對的，期末考到七月六日星期六為止。考慮到隱情，水波將會另外接受測驗，即使考試成績不好，即使因為缺考而沒有成績，反正水波本來就沒要升學，所以不會產生實際的危害，就算以最壞的狀況必須從高中輟學，水波也不以為意。只是「補考」這兩個字聽起來，不知為何就會引發憂鬱的心情。

水波稍微搖搖頭。她決定在陷入無底沼澤之前，改為思考其他的事情。

不過，這麼做的結果使她跳進另一個無底沼澤。

『我不想讓妳死！也不想搶走妳的魔法！求求妳，變得和我一樣吧！』

光宣的吶喊，在水波的耳朵深處浮現。不只是字面內容，連他拚命的語氣，都像是現在聽到般真實重現。

光宣是認真的。他的話語就水波聽來是發自內心。光宣成為寄生物是為了拯救她——水波無須任何解釋就理解這一點。

「為什麼……？」

水波輕聲說。溶入晚風的這句話，是從那天之後每晚冒出的疑問。

這裡沒有人能回答她。

明知如此，她卻不禁發問。

——為什麼為了我做到這種程度？

水波和光宣共度的時間只有短短三天。而且直到前幾天再會，彼此已經半年多沒見面。不，別說見面，彼此甚至沒打過電話，也沒寫過電子郵件。

雖然是八個月前的短短三天，但水波清楚記得光宣。

俊美得不像世間應有的同年代男生。

和他共度的時光鮮明又強烈，水波不可能忘記。

擁有匹敵深雪之「美」的異性。

即使是同性的深雪，光是處於相同的時間與場所，水波就覺得深雪的存在逐漸銘刻在內心。異性的光宣當然會給她更強烈的印象吧。

別說自己，只要是女生，除了深雪這種極為特殊的例外，都不可能忘得了自己和光宣這樣俊美的男生共度的時光。水波逕自在內心強力主張。

這不是逞強，也不是掩飾。她認真這麼認為。

至少在意識的表層部分這麼認為。

所以水波更感詫異。自己忘不了光宣是很自然的事。將光宣的身影深深刻在心裡，認定他在自己心目中是特別的存在，並不是什麼奇怪的事。水波反倒認為自己這個年紀的女孩當然會這麼做。

但是水波實在不認為自己能成為光宣心中的「特別」。

自己不是能讓異性留下強烈印象的亮麗美女。真要說的話長得不起眼。或許可以獲得「仔細看就很可愛」的評價，但是終究配不上光宣。頂多就是被當成深雪的附屬品，在記憶角落占有一席之地比較妥當。水波率直這麼認為。

去年十月，和光宣共度的三天，以日期計算的話是四天。水波將注意力聚焦在這段回憶。

（第一次見到光宣大人，是去年的十月六日，星期六的傍晚。場所是九島本家……）

連日期都能立刻回想起來，水波自己也感到意外。

但她立刻換個想法，認為日期這種細節即使記得也不奇怪。

和光宣的邂逅，就是如此震撼般的事件。

不對，不需要「般」這個字。和光宣面對面的瞬間，水波受到的確實是「震撼」。強烈的衝擊填滿她的內心。

不是單純的驚愕。如果只是驚愕，她並不會因而語塞。光宣擁有的美貌確實令人驚嘆，但如果只論美，水波日常服侍的對象就擁有匹敵他的美。

（當時的震撼，並沒有單純到能歸類為單一的情感……）

水波在心中如此低語。

不只是驚愕。

那麼除此之外還有什麼？水波試著自問。

她無法回答這個問題。

當時自己懷抱什麼樣的情感？水波無法以話語說明。

不知道自己內心這份情感的真面目。

（……第二次見面是隔天。）

從奈良的葛城古道到橿原神宮、石舞台古墳、天香具山，然後奈良公園。目的是找出暗中進行各種破壞行動的大陸古式魔法師周公瑾，以及支援周公瑾的國內魔法師組織「傳統派」。不是只有她和光宣兩人，達也與深雪也共同行動，但在旁人看來或許像是雙重約會。

——不，甜蜜調情的是達也與深雪兩人，自己與光宣絕對沒做那種事。

忽然掠過內心的「雙重約會」這個詞，水波立刻搖頭消除。

即使在葛城古道，和光宣共乘情侶用的雙人電動機車……

即使在奈良公園，不知何時離開深雪他們，和光宣並肩前進……

（……快轉！快轉！）

水波看見在自己腳底勤快埋地雷的自身幻影，連忙跳過這段重播的記憶。

之後再度見到光宣是兩週後，二〇九六年十月二十日星期六。果然不只是星期幾，連日期都記得。

在京都車站再會的時候，明明不是初次見面，卻依然暫時說不出話，也不敢對看。當時在一起的一高學長姊們嚇了一跳，所以水波免於引人注目，但如果只有達也與深雪同行，或許會覺得她的態度很奇妙。

前去的場所依序是大原、清水寺、金閣寺。和兩週前一樣，這趟是去尋找周公瑾的線索，但要說毫無觀光心態是騙人的。或許是因為不同於搜索奈良的上一次，那天沒發生和敵人交戰的狀況。分頭行動的艾莉卡他們遭到和周公瑾聯手的古式魔法師們攻擊，但水波這組人沒發生戰鬥。

當然不是單純的玩樂。他們查出隱藏在清水寺參拜道路的「傳統派」據點，取得關於周公瑾下落的重要線索。不過這份功績實質上是達也獨力完成，雖然深雪與光宣以助手身分貢獻心力，但水波自己真的只是跟班。

（……那間店的豆皮鍋好好吃……）

自己沒派上用場的那段記憶，水波忍不住逃避面對。

這一瞬間浮上心頭的居然是食物，這個事實對水波造成雙重打擊。難道自己是這麼貪吃的傢伙？

因為衰弱導致機能暫時失常，如今終於康復取回自由的雙手，水波用來遮住自己的臉，低下頭停止重播記憶。

秒針轉了兩圈以上，她才再度回憶往事。

（……隔天，光宣大人突然發燒……）

光宣突然病倒令水波嚇一跳。雖然聽過他體弱多病，但直到前一天都看不出他身體虛弱的樣子，所以沒做好心理準備。

不過驚愕告一段落沒多久，輪到使命感從水波內心湧現。

侍女不是護理師，但是臥病在床的主人家族或客人，包括在侍女的職責範圍。

現在回想起來，「前一天沒幫上忙」肯定也是部分原因。

只是雖然她打起精神想好好表現，具體來說卻只能看著躺平的光宣。

注視光宣的視線被光宣本人指摘，水波還害羞到折騰不已。但在光宣睡著之後，水波能以平穩的心情陪伴在他身旁，直到他身體狀況驟變。

雖然當時就這麼想，不過重新思考也覺得不可思議。這一天的兩週前，水波記得自己和深雪一起泡溫泉而感到精神非常疲憊。雖然兩者狀況不同所以無法單純比較，但是一般來想，單獨和同性相處肯定比單獨和異性相處來得放鬆。

何況光宣擁有匹敵深雪的美貌。身為魔法師是超一流水準，卻個性溫厚毫不自大。眉清目秀，性格溫厚，智勇雙全。九島光宣是同年代女生都會不禁青睞的俊美少年暨優秀青年。

所以水波更覺得能維持悠哉心情的自己很神奇。明明前一天重逢的時候心臟跳得那麼快，不過那天即使兩人獨處，她也不覺得胸口發燙或喘不過氣。

因為經過一天習慣了？確實也是原因之一吧。

但水波不認為只是這個原因。

侍女的義務感？那麼她反倒會緊張才對。

水波試著回憶當時自己的想法與感受。

坐在光宣枕邊，自己覺得……

（……不，錯了。我那時候沒有放鬆。）

重新回顧那一天的自己，水波想起當時自己的心情大起大落。

不知不覺注視光宣的臉，聽到光宣本人指摘之後害羞折騰。

光宣睡著之後，在他熟睡的一旁放鬆身心。

不過自己在那時候也冒出相同的疑問。

——為什麼能在同年代的男生身旁放鬆身心？

然後水波察覺自己的心情了。

（我在光宣大人身上，感覺到和自己相同的東西……）

首先找到的心情是親近感。

（所以，我才被光宣大人吸引嗎……？）

察覺這份心情之後，水波緊張臉紅。基於和剛開始不同的意義感到害羞。

為什麼忘記這一點？

（……因為接下來沒多久，光宣大人的身體狀況惡化。）

水波內心的慌張強烈到甚至忘記害羞，也忘記自己的心情。

為了緩和光宣的痛苦，自己應該怎麼做？應該依賴誰？水波滿腦子只有這件事。

甚至忘記自己的心意。

（難道，光宣大人也一樣……？）

光宣也在水波身上，感受到和自己「相同的東西」嗎？

光宣也和當時的她一樣，滿心只想治好對方——治好水波嗎？

（可是，為什麼……？）

如果光宣感受到和水波相同的東西，抱持和水波相同的情感，那麼水波認為自己好像可以理解他的行動。

不過，思考在這時候回到最初的疑問。

水波不認為自己能成為光宣心目中的「特別」。

光宣為什麼不惜拋棄人類身分也要治好我……？

水波再怎麼思考都找不到答案。

◇◇◇

深雪離開水波入住的醫院，是晚上九點後的事。一般病房的面會時間本來只到晚上八點，但深雪硬是請院方讓她在病房待到熄燈時間。

為了阻止新的寄生物入侵，達也突襲降落在座間基地的美軍運輸機，如今他已經完成任務回到自家大樓。收到「去接妳吧？」的電子郵件，也是深雪結束探視的原因之一。要是她在病房拖拖拉拉，達也應該會不顧深雪的顧慮前來迎接。深雪心想哥哥肯定因為工作而疲憊，不能讓他多費這番工夫。

話是這麼說，但夜也已經深了。深雪沒有獨自搭乘無人計程車。

「夕歌表姊，抱歉勞煩您了。」

「沒關係，我也正要回去。」

從她剛坐進自動車的這段對話就知道，深雪搭的是四葉分家之一，津久葉家下任當家津久葉

夕歌的便車。另外艾莉卡是由千葉家的門徒來迎接。

夕歌現在是魔法大學的研究生。夕歌今年三月大學畢業，但她從前年就加入現在的研究室。魔法學的研究無法只靠機械推動，魔法師的實踐（實驗）不可或缺，因此即使是學生，擁有優秀的魔法技能就會受到禮遇。夕歌所屬的研究室不只接受四葉家的援助，她自己也是在魔法師之中罕見的精神干涉系魔法師，因此教授以三顧之禮邀她加入。

載著深雪與夕歌的自動車，停在深雪五月才搬來的大樓地下停車場。不只是深雪，夕歌以及擔任駕駛的夕歌守護者櫻崎千穗也下車。兩人是在不久之前，大約晚深雪一個月搬進這棟大樓。

這棟大樓是當成四葉家的東京總部而興建。將生活據點設在東京的分家下任當家，順著本家的意向住進這裡。另一個分家的下任當家新發田勝成，也預定在辭去防衛省官職，自家不再列為內部管制的對象之後搬進這棟大樓。

「謝謝兩位。」

深雪下車之後，向夕歌與千歲微微鞠躬致謝。

「不用客氣。改天要不要一起吃頓飯？」

千歲默默鞠躬回應，夕歌以笑容回以這句客套話。

「好的，如果行程配合得上一定沒問題。」

深雪說完，在梯廳和夕歌她們道別。深雪獨自搭乘直達頂樓的電梯。梯廂停止，電梯門打開

一看，達也打開玄關大門等待著她。

「歡迎回來。」

「……我回來了。」

即使對於達也的迎接感到惶恐，深雪依然露出笑容進入玄關。

兩人就這麼直接走到客廳，但是只有達也坐下。

深雪只將包包放在沙發就前往廚房。一如往常，她在自己休息之前，先去準備達也的飲料。

深雪完全沒露出疲態，一如往常將親手細心沖泡的咖啡放在達也面前。她自己坐在達也的正對面。大概是因為依然穿著圍裙，所以避免坐在旁邊吧。

此時達也做出不同於以往的舉動。他拿著杯子站起來，移動到深雪旁邊。

深雪以無所適從的視線看向達也，但她立刻將視線移到自己的杯子。微微低頭露出的微笑，同時表達她的喜悅與嬌羞。

深雪將不檢點笑到垮了（這是她自己的想法）的臉輕輕收斂，抬頭看向達也。

「哥哥，您辛苦了。」

深雪沒問達也工作是否完成。

不是因為盲目相信達也會勝利。

深雪當然對於達也的勝利與成功深信不疑，但她自然而然認為現在是無關勝敗成否，為最愛

的哥哥獻上安寧時光的場面。

「深雪妳也辛苦了。水波的狀況怎麼樣？」

「看起來完全康復到不影響日常動作的程度了。」

「這樣啊。昨天還有一些不自然的部分就是了。」

「是的。這部分也完全看不出來了。」

達也露出暫且放心的表情，回應「這樣啊」點點頭。

深雪輕輕吸氣。

從中窺視得到些許的緊張。

光是這樣，達也就知道深雪想告知什麼事。

「光宣也沒現身。」

「他剛和文彌與九島閣下交戰。即使能以寄生物的治癒能力療傷，疲勞也還沒消除吧。」

或許光宣至今也正在將魔掌伸向水波。達也為深雪消除這份擔憂之後，貼在深雪臉上那張稍微緊繃的表情消失了。

「而且這次害死閣下，光宣大概更不方便行動了。至今只要對付十師族還好，但今後國防軍應該也會加入搜索光宣的行列。」

「國防軍嗎？」

「九島閣下退休之後依然在國防軍內部擁有強大影響力。即使去年因為寄生人偶事件失勢，仰慕閣下的軍人也肯定沒少過。長時間醞釀出來的忠誠與信仰心，不會因為單一事件消失。」

說起來，寄生人偶的研發只是做法有爭議，研發的概念對照軍方邏輯並沒有錯。將危害人類的妖魔當成兵器使用存在著風險。但是透過琵庫希這個就在身邊的實例，證明想和寄生人偶共存並非不可能。至少對於達也來說，這是毋庸置疑的事實。

雖然這麼說，但是寄生人類的寄生物是危險的存在。和無法治療的高致命性病原體帶原者具備相同種類的風險。達也之所以敵視光宣，無疑是因為光宣想讓水波感染寄生物。

熟知隱情的軍人，肯定不會將寄生人偶與寄生物混為一談。「頭腦簡單四肢發達」的人不足以擔任軍官。軍事指揮官不只是被要求當個不負責任的旁觀者，更需要具備冷酷嚴謹的智慧。

另一方面，如果不知道詳細的隱情，說起來就沒道理失去內心對九島烈的崇敬之意。認為九島烈成為國防軍內部權力鬥爭犧牲者的人，大概出乎意料不在少數。以國防陸軍第一師團所屬游擊步兵小隊——通稱「拔刀隊」為核心的九島烈共鳴者人數預估相當可觀。

「哥哥認為光宣很難再度入侵首都圈嗎？」

「如果沒發生任何狀況，應該很難吧。不過說來遺憾，現在……」

「……哥哥已經設想到具體的狀況嗎？我們應該提防什麼？」

看到達也支吾其詞，深雪瞬間猶豫是否該問得更深入。但是到最後她禁不住發問。因為這關係到水波的安全——她們所重視家人們的安全。

「大亞聯盟和新蘇聯的軍事衝突正在進行中。要是局面發生重大變化，國防軍的注意力會移向北方。」

達也應該也知道深雪隱藏在問題裡的心情。他不再含糊帶過。

「光宣會趁亂潛入？」

「我認為可能性很高。具體來說，我想大亞聯盟敗北之後是關鍵時期。」

達也的視線朝向深雪雙眼。但深雪感覺達也的眼睛注視著未來。

從以前到現在，防衛大學的學生原則上都要住在學生宿舍。不過培育魔法師軍官的特殊戰技研究科，學生可以不必住宿舍。現在四年級的千葉修次從自家通學，升上二年級的渡邊摩利則是在學校附近租公寓往來防衛大學。

但即使現在是九點多的深夜時間，兩人所在的場所也不是修次家或摩利的公寓。

他們現在位於國防陸軍朝霞基地的某個房間，某間作戰會議室。

室內聚集約四十名官兵。其中三十人是游擊步兵小隊，通稱「拔刀隊」的成員。其他人是第

一師團偵查、補給、整備、通訊各小隊的隊長，或是輔佐隊長的士官。

修次與摩利以游擊步兵小隊臨時隊員的身分參加這場會議。

「……這不是私鬥。」

在台前說話的是「拔刀隊」小隊長。號召進行這場會議的也是他。不過企劃會議的是更高層的人。小隊長說的內容充分證實這一點。

會議一開始，小隊長就說明九島烈的死因是他殺，凶手是孫子九島光宣。然後等待場中的喧嚷聲平息之後，告知游擊步兵小隊要出動逮捕光宣。

「搜索與逮捕罪犯是警察的職責，不是軍方的工作。不過九島光宣很可能被國外特務人員唆使犯案，或是和他們屬於共犯關係。雖然沒查出特務的國籍，但是本次任務定位為針對破壞行動的預防性出動。」

這次沒引起喧嚷聲。所有人神情緊張，不發出任何聲音看向小隊長。

「不過，即使沒有這種正當名義，我們也不能放過身為親人卻殺害閣下的九島光宣！」

至今有所克制的小隊長聲音迸出激烈的情感。

「何況凶手九島光宣已經化為寄生物。這是可信管道提供的情報。」

各處傳來倒抽一口氣的聲音。游擊步兵小隊曾經在去年二月為了捕獲寄生物而出動。數名隊員轉頭看向最後排的修次，大概是想起當時修次和他們小隊處於一觸即發的狀況吧。

「閣下的仇人是危害人類的魔物。我們基於雙重的意義不能放過九島光宣。對吧！」

同時響起「沒錯！」的回應。如此高呼的不只是游擊步兵小隊的隊員。

「在搜索方面，已經獲得近畿、中部的各師團以及公安的協助。游擊步兵小隊在東富士演習場待命，一旦查出九島光宣的藏身處就立刻趕往當地。後天七月三日的〇九〇〇從本基地出發。以上！」

修次與摩利和拔刀隊隊員一起起立，朝小隊長敬禮回應。

達也與深雪現在是只有他們兄妹倆住在一起。家裡沒有監視或牽制他們的眼線。

達也與深雪是兄妹，不過對外是表兄妹的關係，也是未婚夫妻的關係。雖然是家裡決定的結婚對象，但至少深雪將達也視為伴侶付出愛情。

達也說過依然只能把深雪當成妹妹看待，但他的道德觀念本來就不深。或許這也是人造魔法師實驗的後遺症。

若是深雪真心希望，達也應該不會拒絕她。即使要跨越最後一線，肯定也不會明顯抵抗。若是如字面所述同床共寢的程度，達也大概隨時都會點頭答應。

深雪肯定光是這樣就很開心。她也沒有害怕犯錯的理由。但是兩人的寢室至今依然不同間。深雪不只沒要求和達也同床，甚至也沒要求同房。

害怕情感失控確實是原因之一。但是水波的現狀無疑成為她更強大的抑制力。

深雪認為水波是為了保護她而差點沒命。這也是客觀的事實。

事件的後遺症導致水波至今依然住院。現在不是樂昏頭的時候。沉浸在幸福裡會感到內疚。這種想法為深雪的心意踩了煞車。

要說以此為原因多少有點語病，不過深雪正獨自在自己房間準備就寢。

她坐在床上，以語音指令關燈。

此時，她忽然想起剛才和達也進行的對話。

光宣陷入比現在更艱困的狀況。即使如此，他應該也不會放棄水波吧。不只達也這麼說，深雪也抱持相同意見。

光宣應該是真的深愛水波。雖然沒確認達也的意見，但深雪這麼認為。

自覺內心的愛意不需要時間。

深雪從自身經驗明白這個道理。

但是為什麼會變成這樣？深雪無法理解原因。

深雪在五年前的沖繩經歷極度戲劇化的事件，察覺自己的心意。形容為「脫胎換骨」或許比較妥當。

可是，光宣呢？水波與光宣之間，肯定沒發生過特別的事件。還是說，水波留下來看護光宣的那一天發生了某些事？

那天，光宣的身體狀況突然惡化，水波打電話向達也詢問因應方式。正常來想，水波無法改善或緩和光宣的病狀。

水波就只是陪在光宣身旁。

（不過……對於光宣來說，這或許是一件特別的事。）

即使是對別人來說算不了什麼的事情，對於當事人來說也會成為忘不了的回憶。深雪也有這樣的經驗。或許水波在她自己都不知道的時候，留下別人無法理解，對於光宣來說卻永生難忘的寶貴回憶。

深雪不知道這是什麼樣的回憶。她連推測的頭緒都還沒找到。

只是無論光宣的動力為何，都不能讓他如願。

光宣的最終目的無疑是治療水波。

但是為此採取的手段，會讓水波成為人類以外的存在。

「櫻井水波」這個個體的生命或許保得住，但「櫻井水波」這個名字的人將會消失。也不知道意識的連續性能維持到什麼程度。

這樣可以說她免於一死嗎？

以人類來說，這不是等同於死亡嗎？

留下來的只不過是水波的亡靈吧？

不能承認這種事。

絕對不能。

（可是……水波本人是怎麼想的？）

達也說過，只要不再使用魔法就沒有生命危險。深雪相信這個說法。

但水波自己呢？這攸關她自己的性命。深雪無法強迫水波相信達也的說法。因為即使對於深雪來說是沒有懷疑餘地的既定未來，對於其他人來說也只不過是不確實的預測。

達也的說服沒有白費，水波同意「放棄魔法」的治療方針。

但是，水波內心深處或許覺得「不想失去魔法」。光宣表示「他人無權剝奪水波的魔法」。即使深雪全面支持達也，也無法否定在那一瞬間對光宣的發言產生共鳴。魔法對於魔法師來說和手腳沒有兩樣。即使明白必須切除一條手臂才能保住性命，也肯定沒人不會苦惱。

說不定，水波內心真正的想法和光宣一樣。

——與其失去魔法，寧願選擇成為寄生物。

（如果這才是水波的真心話……？）

深雪維持坐在床上的姿勢搖了搖頭。長長的頭髮從背後往前滑，遮住微低著頭的深雪臉龐隔絕黑暗。

這是不可能的。深雪對自己這麼說。

失去手腳確實恐怖。但是失去心臟更恐怖。為了保住魔法而放棄「人類身分」，不就像是拿心臟換手臂嗎？

一般來說，不會做出這種選擇。除非能夠額外獲得貴重到匹敵心臟的寶物，才做得出這樣的決定……

（如果對於水波來說，光宣是值得這麼做的對象……？）

——比方說，如果將水波換成深雪自己，將光宣換成達也，深雪自己會怎麼做？

（我會選擇拋棄人類身分，和哥哥攜手同行。）

深雪毫不猶豫就得出這個答案。對她來說，這是天經地義的結論。

深雪沒能對水波這件事下結論的問題點，在於光宣對水波來說有無可能是如此重要的存在。

在這個世界大概找不到不會被光宣容貌打動芳心的女孩。深雪自己也在第一次見到他的時候不禁被吸引目光。要不是早已心屬達也，或許會對光宣懷抱些許戀心。

然而戀愛並不是只看容貌。雖然不知道男生的狀況，但深雪認為女生沒這麼單純。至少以自己的狀況來說，即使沒有達也，她也不會只以外表選擇對象。水波在這方面應該也一樣。深雪不

是想否定一見鍾情，但即使是一見鍾情，也肯定不是只因為外表就落入情網。深雪認為應該是包括從外在透露出來的內在，是這個人的整體印象促使愛情萌芽。

水波肯定沒有足夠的時間詳細得知光宣的為人。也看不出水波對光宣一見鍾情的樣子。

上次在京都道別之後，水波不曾在深雪面前拿光宣當話題。

水波不常說話，卻也沒那麼擅長隱瞞事情。即使裝作面無表情，只要待在她身旁就會發現她意外好懂。例如水波對於深雪與達也的親密程度不敢領教的時候，這份心情也經常被深雪與達也看在眼裡。其實假裝沒察覺的是深雪與達也這邊。

直到先前的重逢，水波都沒讓深雪他們感覺到她對光宣的好感。

雖然不知道深層意識如何，但至少水波在表層意識沒有愛上光宣。深雪在這方面敢抱持自信斷言。

（不過，如果她察覺至今沒注意到的情感，而且這份情感和我對哥哥抱持的情感相同……）

雖然不太願意這麼想——

——不過，水波選擇光宣的未來或許存在。

深雪微微發抖，鑽進涼被。

〔2〕

當地時間七月一日下午五點，日本時間七月二日上午八點。

STARS第五隊隊長諾亞·卡佩拉少校，回到位於USNA新墨西哥州羅斯維爾郊外的總部基地。

「護送卡諾普斯少校等三人的任務，以及移送『馬頭』至夏威夷基地的任務都完成了。」

「辛苦了。今天好好休息吧。」

基地司令保羅·渥卡上校慰勞前來回報的卡佩拉。

但是卡佩拉站在辦公桌前面沒有動作。

「少校，你有話想說？」

渥卡這句話是催促卡佩拉開口。光看就明顯得知他想表達某些意見。

「上校閣下。下官認為不應該讓『illegal MAP』自由行動。那些人失控曾經造成多麼嚴重的損失，上校閣下想必也沒有忘記。」

「illegal MAP」。非法魔法師暗殺小隊（illegal Mystic Assassin Platoon）。專門負責不得見

光暗殺任務的魔法師部隊，以「煤袋」、「角錐」、「馬頭」三分隊組成的小隊。

不愧是暗殺專門部隊，illegal MAP的對人戰鬥能力極高。但是如卡佩拉所說，至今屢次引發在正常部隊會以抗命問罪的失控事件。之所以不構成抗命罪，只不過是因為他們不是基於正規命令出動的部隊。

STARS為了幫他們的工作善後而被迫付出莫大犧牲，已經不是一兩次的事了。失去前任天狼星的那場「北極祕密戰爭」，他們和新蘇聯祕密部隊之間進行的暗殺戰被認定是導火線之一。

即使再怎麼高超又能幹，終究不能無視於「天狼星」的犧牲。不只如此，在那場戰爭失去的不是天狼星一人，也造成數名恆星級隊員出缺。和新蘇聯之間的戰後處理告一段落之後，高層決定將「illegal MAP」全部送進中途島監獄。這是七年前的事。

「不過，他們確實擁有遂行任務的能力。」

「過度殺戮不算是正確遂行任務。」

看到卡佩拉沒有退讓的意思，渥卡嘆了口氣。渥卡的階級是上校，卡佩拉是少校，但年齡與軍歷都是卡佩拉較高。面對STARS恆星級輩分最高的隊員卡佩拉，渥卡也難以保持固執態度。

如果渥卡已經被寄生物附身，肯定不會顧慮這種事。但他依然是人類，而且如果只看恆星級隊員，包括後來成為寄生物的貝格、斯琵卡與迪尼布，遭到寄生物侵蝕的人員也不到三分之一。

渥卡以下的STARS總部基地成員，大多數都只受到微弱的意識誘導。只不過是被植入對於日本非公認戰略級魔法師（也就是達也）的戒心，容許並承認寄生物的存在，因而願意協助寄生物的行動。

何況，USNA軍並沒有全部受到寄生物的控制。

國防部現在分成兩派，一派是堅持要除掉達也的勢力，一派是要將達也利用在美國全球戰略的勢力。化為寄生物的STARS失控行徑沒被追究，是因為獲得前者的支持與庇護。

在這個狀況下，本來只擁有基地管理權限的渥卡，不可能無視於STARS十二隊隊長之中輩分最高的卡佩拉心情。

「……在通常的任務是這樣沒錯吧。不過這次的對象特殊。如果計較過度殺戮這種小事，根本無法解決目標對象。」

「要將他們用在哪裡？」

渥卡遲遲沒回答。以權限來說，他不必將「馬頭」接下的任務告訴卡佩拉。但渥卡也猶豫是否該回答「無可奉告」。

「目標對象是安吉．希利鄔斯少校嗎？」

「不是。」

渥卡反射性地否定卡佩拉的推測。

「……目標對象是日本的戰略級魔法師——司波達也。」

然後他略顯猶豫地回答剛才的問題。

卡佩拉不像卡諾普斯和莉娜走得那麼近。在這次的叛亂，他也維持中立的態度。

只是卡佩拉在好壞兩方面都是正經又典型的軍人，對於削減軍力、擾亂軍紀或危害戰友的行為展現強烈的厭惡。雖說維持中立，但是化為寄生物的艾克圖魯斯等人策劃的這場叛亂，卡佩拉明顯不抱好感。只不過是基於軍人的紀律，克制內心的喜惡情感。

為了避免混亂擴大，卡佩拉目前展現中立的態度。渥卡也必須避免繼續刺激他。

「此外，他們這次的行動，表面上始終是接受中國黑幫的委託。他們和我們的關係不會被任何人查到，因為作戰開始的時候已經消除所有線索。」

馬頭分隊是以東亞與中亞人種的成員組成，而且都是亞洲人的外型。這個分隊原本就是用來進行東西伯利亞與大亞聯盟境內的非法破壞任務，所以採用的隊員也是配合當地容貌的魔法師。

如果是看外表，要假裝成中國黑幫的爪牙不算是強人所難。

只是卡佩拉不認為這種偽裝能順利瞞過對方。護照或裝備物品偽裝得再好，在魔法師交戰的場合，很可能在問話的時候使用讀心或傀儡體系的系統外魔法。

「知道了。不過，他們失控的時候由誰來處理？」

但是卡佩拉沒指摘這一點。因為擬定本次作戰的時候肯定早就明白這種事。不提這個，他問的是更令他擔心的事情。

「還在檢討當中。」

不過對於這個問題，渥卡沒給出明確的答覆。

卡佩拉稍微瞇細雙眼。不耐煩的感覺不小心寫在臉上。

「……問完了嗎？」

自覺沒回答到問題的渥卡，沒有責備卡佩拉的態度。相對的，他委婉拒絕繼續問答。

「是的，上校閣下。」

「少校，你可以離開了。」

卡佩拉乖乖離開基地司令室。注視他背影的渥卡雙眼，浮現連他自己都沒意識到的煩躁感。

◇◇◇

第一高中今天起舉行期末考，但達也到校只是為了送深雪過來，他隨即離開校舍；因為校方說過他免除考試義務。達也沒興趣自願參加不必要的考試，他在這方面也是多數派之一。

他現在位於巳燒島研究大樓的某個房間。應用「連鎖演算」技術的新魔法，他其實想在FLT的研究室研發，但是最後繼續在這裡進行。因為一直沒看著莉娜是一件恐怖的事。只不過，巳燒島的研究大樓定位為FLT的新研究據點，所以同樣是「FLT的研究室」無誤。

達也並不是懷疑莉娜。他腦中已經排除莉娜是「假借逃亡名義暗中破壞的特務」的可能性。

達也就某方面來說相信莉娜。她完全不適合擔任臥底特務。達也確信她缺乏這種才能。對達也來說會成為負面影響的可能性，達也給予負面的評價，結果產生負負得正的信用。

只不過，閒得發慌的莉娜不知道會惹出什麼麻煩事，要是沒看著她會令人在意得不得了。莉娜不是小孩子，所以肯定不會做傻事，但達也在這一點完全不相信莉娜。

達也在上午九點半抵達巳燒島。交通工具不是飛行車，是兵庫駕駛的小型ＶＴＯＬ。後來達也一直窩在個人用的研究室。

然後現在時間是十一點五十分。達也心想「差不多該吃午飯了」走出研究室。

「達也！」

在研究大樓的大廳，有人從達也的側邊叫他。

「莉娜，什麼事？」

叫住他的是莉娜。

「你正要去吃午飯吧？要不要一起？」

莉娜所在的居住大樓與這棟研究大樓分別位於島嶼西側與東側。雖說巳燒島本身不大，直線距離不到兩公里，但要過來肯定還是得費一番工夫。

一起吃午餐是藉口，應該是想商量某些事吧。達也立刻這麼認為。

「我不在意，但是沒辦法撥太多時間喔。」

這句話不是故意要惹莉娜不高興。除了應用「連鎖演算」的新魔法要研發，關於封印寄生物的無系統魔法，達也也得花時間修行。

「既然沒時間，那就快走吧。」

莉娜看起來也沒在意達也冷漠的這句話，朝餐廳踏出腳步。

巳燒島的物流還在整備階段，品項絕對稱不上豐富。日用品是「總之住起來沒有不便之處」的程度。

不過，餐點很好吃。這裡的餐廳料理也用心得不像是所謂的員工伙食。或許是因為沒有其他樂趣，所以至少料理要講究一點。

研究大樓已經正式運作，所以也有其他人利用餐廳。管家陪同的話會無謂引人注目，所以達也吩咐兵庫另外行動，然後獨自和莉娜解決午餐。

喝著餐後咖啡稍做休息的時候，莉娜進入正題。

「達也，希望你聽我說一件事。」

「會很久嗎？」

對於達也的詢問，莉娜回答「不會」搖搖頭。

「麻煩長話短說。」

達也將杯子放回桌上，看向莉娜。

莉娜理解到達也這個動作是答應的意思，加一句「謝謝」之後開始說明。

「關於STARS總部基地發生的叛亂正如先前所說，我多虧班才得以逃出美國。」

「妳說的『班』是班哲明．卡諾普斯少校吧？」

「嗯。」

「但送妳到機場的不是拉爾夫．哈迪．瑪法克少尉嗎？此外，幫妳備妥出國事由的應該是瓦吉妮雅．巴藍斯上校才對。」

「嗯，你說的沒錯。不過是班委託上校幫我，為我備妥逃離程序的也是他。」

「我知道妳感覺卡諾普斯少校對妳有恩。所以呢？」

「我逃出來之後，班應該已經投降了。憑他的實力可以突破包圍網逃離，但他那個人不會自己一個人逃走。」

「我認為他也可以選擇竭盡所能鎮壓叛亂。」

莉娜睜大雙眼看向達也。

達也臉上絲毫沒有笑容。

「……他不會對自己人動武。」

「我想寄生物不是自己人，但是沒辦法這麼輕易下定論是吧。所以？」

「班不只在STARS內部，在其他部隊、五角大廈與國務院都有人脈。即使是寄生物也肯定不會對他行刑。大概會把他關進軍事監獄吧。說不定已經移送了。」

「不過有哪個監獄能監禁STARS的一等星級隊員嗎？即使沒收ＣＡＤ，也不會因而無法使用魔法。還是說，封鎖魔法的技術在ＵＳＮＡ已經實用化了？」

「肯定沒這種技術。我也沒聽艾比說過。」

「妳說的『艾比』是『布里歐奈克』的研發者吧？」

「嗯，是的。STARS的主任技師，艾比格爾．史都華博士。」

「原來他沒有軍階啊。」

沒想到莉娜會親口說出布里歐奈克研發者的全名，達也情急之下說出無關痛癢的感想。莉娜不是不小心洩漏史都華博士的名字，是表示自己不會隱瞞任何事的立場。應該吧。

「既然這樣，卡諾普斯少校在哪裡？」

達也自覺剛才有點失焦了，在被莉娜引得離題之前，主動回到原本的話題。

「我想……恐怕是被關在中途島監獄。」

「即使逃獄，四面八方也只有海嗎……」

「這裡原本也是以這種概念當成監獄使用吧？因為即使是我們，沒有輔助演算裝置也沒辦法移動一百公里以上。」

「所以？假設卡諾普斯少校被關在中途島，妳有什麼願望？」

被問到核心的莉娜表情緊繃。

「……班被送到中途島，並非單純的推測。班說過，如果可能會基於政治上的理由被肅清，就要主動談條件把自己送進中途島監獄。他也吩咐過我要這麼做。」

「這還真是鐵了心的對策……」

「班說過，權力鬥爭不講道理，正義只在勝利的時候派得上用場。即使自己再怎麼正確，對方再怎麼錯誤，敗者也只能服從強者。不過，只要不是絕對的敗北就有談條件的餘地，所以即使可能會輸也不能至此放棄。一旦確定敗北，就得盡量以有利於自己的條件敗北……班屢次對我耳提面命。」

「不只是權力鬥爭，這則教誨反而適用於終結戰爭的方式。看來卡諾普斯少校這位軍人不只是優秀的戰鬥魔法師，身為戰略家也具備卓越的見識。」

「聽說他是USNA陸軍軍官學校的畢業生。」

「原來如此。」

接下來的「看來他是陰錯陽差才成為魔法師」這句話，達也留在心中沒說出口。

達也與卡諾普斯之間有一段不小的過節。眼睜睜看著顧傑搭的船被卡諾普斯打沉，是苦澀的失敗記憶。那個事件之後，達也將卡諾普斯視為今後可能成為阻礙必須注意的人物進行調查。可惜只查出表面上的個人資料，但是確定年齡是四十歲左右。

既然不是以童兵身分從軍，卡諾普斯成為軍人應該是第三次世界大戰（別名二十年世界連續戰爭）終結之後。就讀西點軍校大約是大戰終結沒多久的時期吧。

在那個時代，魔法師被當成兵卒使用是理所當然，魔法師指揮官很罕見。如果魔法師想成為軍人，即使頭腦再怎麼優秀，肯定也無法就讀培育軍官的精英學府。恐怕是在西點軍校就讀的期間或是畢業之後確定他擁有戰鬥魔法師的天分。達也是這麼猜測的。

如果這個猜測沒錯，達也認為卡諾普斯少校應該對現在的自己抱持扭曲的情感吧。

原本很可能以指揮官身分調度大軍，成為在後方運籌帷幄的高級軍官，但不只被迫走上戰鬥魔法師之路，還直接參與恐怖分子暗殺行動，必須和寄生物附身的同僚上演自相殘殺的戲碼……

「達也？」

「啊啊，抱歉。」

達也暗中嘲笑自己任憑思緒胡亂空想。別人的事情只有那個人自己知道。自己的人生之路並沒有順暢到能夠同情別人的人生才對。達也不得不嘲笑這樣的自己。

「總歸來說，可以認定卡諾普斯確實在中途島的監獄吧？」

「嗯。以班的能耐肯定會妥善處理。在中途島很難逃走，相對的也很難派人過去暗殺。」

「但我認為叫其他囚犯攻擊也是一個方法？」

「並不是沒有這個可能性……不過那邊的構造有點特殊。囚房全都是完全隔音的單人房，裡面的樣子只能透過監視器得知。備餐與打掃是全自動的，單人房裡包括廁所與淋浴間一應俱全。放風或使用運動設施每次只限一人，設計成徹底排除囚犯之間的交流。」

「為了防止囚犯共謀嗎？」

「嗯。班說過，這也是顧慮到不能在監獄白白失去珍貴的戰鬥魔法師。」

「雖然受到監視，但居住品質看來不差。這也是避免戰力品質劣化嗎？」

「應該吧……」

達也講得若無其事，但莉娜表情反映內心絕不平靜。大概是重新認知自己在監獄也被當成兵器管理的現狀，情緒上有所反彈吧。

「所以莉娜，妳希望這邊從中途島救出卡諾普斯少校？」

達也並不是認真這麼問。他不認為莉娜會說出這麼厚臉皮的請求。

「……嗯。」

所以看見莉娜點頭，達也頗為懷疑自己的眼睛與耳朵。

「……妳認真的？」

「我知道這是非常厚臉皮的請求。但現在美國發生的不是普通的鬥爭，不是人類之間的勢力

鬥爭。即使在應該安全的中途島監獄，也不保證沒有暗殺的危險，以最壞的狀況，班可能會被迫成為寄生物。」

達也同樣無法忽略卡諾普斯化為寄生物的可能性。

前面也說過，達也和卡諾普斯有段難解的過節。如果是為了拉攏卡諾普斯而救他，達也肯定不會答應。即使拉攏卡諾普斯成為自己人也只限於這一次，不值得背負風險潛入美國軍事監獄搶囚犯。

但如果目的是減少敵人，達也認為有檢討的餘地。卡諾普斯成為敵人時的實力，達也亦體驗過。即使只有那一次，也足以推測他的能耐。

「……說來可惜，沒有值得背負這個風險的利益。」

即使如此，達也還是做出一樣的結論。

「如果只是要去除他化為寄生物的風險，用我的質量爆散炸掉中途島監獄比較簡單。只要打著處理寄生物感染問題的名義，也能轉移國際社會的批判焦點吧。」

「等一下！要是公開這種事，美國會……！」

要是坐視妖魔增殖的行徑為世間所知，ＵＳＮＡ的信用將會掃地。國家分裂肯定也不會僅止於惡夢。

「但如果妳的國家甚至想強迫卡諾普斯少校化為寄生物來利用，就不得不向全世界公開寄生物的威脅。」

大概是知道達也這番話不是單純的嚇唬吧。

「……只要有利益就好吧？」

莉娜以百般糾結的僵硬表情詢問達也。

「哎，沒錯。我也不樂於做出炸掉整座島的粗魯舉動。因為要是產生那麼龐大的熱量，不保證不會對全球氣候造成不容忽視的負面影響。」

達也嚴肅說完，莉娜背脊打顫。

使用一次就摧毀全球氣候平衡的魔法。她明白這絕非誇大其詞。

莉娜僵硬的表情加上焦急。

「我會站在達也這邊。」

達也聽不懂莉娜想說什麼。

他以疑惑的視線看向莉娜。

「回到STARS之後，我會阻止他們和你敵對。」

面對達也的眼神，莉娜順著氣勢回答。

「但我認為這個問題不是以妳一己之見就能決定……」

「要是我的意見沒被採用，我就退伍歸化日本。我是九島將軍姪女之女，肯定有歸化資

格。」

「如果是妳，就算沒血緣關係也可以歸化吧……但ＵＳＮＡ會允許嗎？」

「軍方承不承認不關我的事。到時候我只要丟下辭呈逃離美國就好。」

事情會這麼簡單嗎？達也在內心打個問號，但他沒提出這個質疑對莉娜的決意潑冷水。

如果是此等利益，對於達也來說確實值得冒這個風險。

要是莉娜一度回到ＵＳＮＡ再逃亡過來，果然會由四葉收容吧。除了四葉家，達也不認為日本國內有誰膽敢槓上ＵＳＮＡ。

雖然現在把莉娜當成客人接待，但如果她逃亡到日本歸化，就能用為這邊的戰力。

不是用為四葉家的戰力，是用為達也個人的戰力。畢竟莉娜說的是「站在達也這邊」，達也個人也完全不想把她交給真夜。

「知道了。雖然不能保證立刻行動，但我研究看看如何救出卡諾普斯少校吧。」

「真的嗎？達也，謝謝你！」

莉娜笑逐顏開探出上半身。要不是中間隔著桌子，她或許會抱住達也。

「還有，莉娜……」

「什麼事？」

「兄弟姊妹的孫子叫做姪孫。與其說是『九島閣下姪女之女』，說成『九島閣下的姪孫』比較精煉。這在自我介紹的時候會派上用場，妳最好記下來。」

莉娜立刻變成掃興的表情。達也在莉娜心情正好的時候潑冷水，不知道是生性少根筋還是故意這麼做。

總之，他這句話肯定是俗稱的「把旗標折斷」吧。

魔法科高中在考試期間也是在下午早早放學。達也再度到校的時間是下午三點前。雖然不一定會因為是學生會幹部就留下來，但是說來幸運，達也要找的學生正在學生會室唸書備考。

「詩奈。」

「呃，有！」

達也搭話的對象是擁有一頭輕柔如棉花的深褐色頭髮，戴著耳機造型耳塞的一年級學生。十師族三矢家的么女三矢詩奈。

她早就發現達也進入學生會室，也抬頭打過招呼。但應該完全沒想到達也會找她說話吧。被達也叫名字的詩奈，回應時的聲音有點高八度。

「我有件事想徵詢令尊三矢元閣下以及長男元治先生。可以幫我問他們是否方便抽空嗎？」

「那個……意思是想見家父談事情？」

「沒錯。」

「司波學長，您究竟要問詩奈的父親什麼事？」

大概是不忍心看見詩奈為難，泉美從旁插嘴問。

「關於美軍的動向，我想問一些情報。」

達也沒把泉美的插嘴當成耳邊風，也沒有隨便含糊帶過，而是正面回答她的問題。

「美軍的？」泉美旁邊的穗香以摸不著頭緒的語氣說完，深雪輕聲說明：「三矢家的人們熟知國外的軍事情報。」

泉美也知道這一點。達也向三矢家當家詢問美軍情報是合理的做法。泉美不得不承認自己那句話是多餘的。

「那個，司波學長！我會問問看家父是否有空！」

詩奈連忙這麼回答達也，是顧慮到泉美心情的結果。

多虧如此，泉美免於向達也低頭道歉。

不過對於泉美而言，究竟是向達也謝罪還是接受詩奈袒護比較輕鬆，肯定只有她自己知道。

「小美，依照先前的約定，我幫妳看看實技測驗的課題吧？」

「咦？深雪學姊，真的可以嗎？」

「嗯，沒關係的。振動系的控制是我擅長的領域。」

「請務必指教！麻煩學姊了！」

深雪帶著滿臉感激的泉美離開學生會室。

真是漂亮的助攻。達也心想。

目送深雪前往實技大樓之後，達也來到演習樹林。

「抱歉在考試期間還麻煩你。」

「說這什麼話，這比考試重要吧？」

達也頗為由衷道歉，幹比古回以像是聽到拙劣玩笑的笑容——他不是當真在笑，是因為沒能選擇其他表情才掛著笑容。

「而且我的念書方式不需要臨時抱佛腳。」

達也在口中輕聲讚嘆。

幹比古這句話如果是認真的，那他相當了不起，如果是逞強，那他基於別種意義值得稱讚。

「那麼，拜託了。」

無論如何，今天早點回去吧。如此心想的達也，向幹比古示意開始修行。

面對失控的獨立情報體「精靈」，以想子流從前後左右上下共六個方向撞擊，將其吞入想子塊。比起擴展想子雲包覆進去，這麼做效率更好。這是在開始修行第三天確認的事。

即使考試將近，依然讓幹比古連星期日也陪同協助的修行，到今天是第六天。至今解明的訣竅是不要從六個方向以相同壓力的想子流撞擊，而是改為用想子流從四個方向撞擊之後再從上下加蓋，會得到比較好的效果。

接下來是最終階段。

將壓縮想子固定的技術。

封印的形狀不是立方體，是球體。

從效率考量，不是單純想像成圓形逐漸壓縮，而是應該加壓塑造出三次元的球體。但不是緊握在手心，而是在手掌上滾動。

不是一次定型，而是反覆重捏，在最後捏成堅固的小球——

「……達也，那顆球……」

「……成功了嗎？」

達也的五十公分前方浮著高密度的想子球。處於像是真實物體般的穩定狀態。

達也慎重伸手抓住想子的球體。沒有實體的想子塊，傳回像是固體的手感。不是朝著達也的肉體，而是朝著和肉體重疊的想子力場出力抵抗，但即使稍微用力握住也沒有毀壞的徵兆。

「這就是封玉……只以術士捕獲寄生物的無系統魔法……」

幹比古出聲感嘆。

不依賴咒具或人偶等實物，純粹以「術」封印精靈。若能封印精靈，應該也能封印「魔」。

即使是幹比古也覺得這項技術很稀奇。

達也放開想子球。控制自己的想子力場，以免干涉球體。

兩人就這麼觀察疑似固體化的想子聚合物。

想子球體在七分鐘後自毀。

封閉在內部的「失控精靈」，維持精靈的形體停止活動。

接下來的兩小時，達也反覆成功與失敗。

今天的成功率是三成。

但是在最後十分鐘，達也連續成功四次。

「幹比古，今天就此停手吧。繼續下去的話，你會撐不住。」

「我很想說我還沒問題……但你說的沒錯，可惜我今天到極限了。」

氣喘吁吁的幹比古面帶笑容。

「不過這樣就看見曙光了。」

「是啊。幹比古，多虧你的幫忙。」

「不用客氣。」

「若要在實戰使用，必須將成功率提高到百分百。不好意思，明天也能陪我練習嗎？」

「當然。」

幹比古不改笑容，反倒是加深笑容點頭。

他處於協助修行的立場。

不過幹比古的笑容，充滿像是自己成事的充實感。

◇◇◇

七月二日，星期二的夜晚。

在七草家，香澄與泉美用功準備考試。

今天也依然維持迎擊光宣的陣容。但兩人以學業為優先，所以暫停出任務。

今晚不只她們兩人，真由美也在宅邸待命。

預定以外的訪客來找真由美。

「摩利……？怎麼突然過來？」

「想和你談一些事。不會造成困擾嗎？」

「怎麼可能困擾！好啦，進來吧。」

摩利不同於以往有些顧慮，真由美拉她進入宅邸。

真由美帶摩利到她自己的房間。真由美自己準備飲料，命令傭人不准進入房間，確保和朋友獨處的空間。

真由美的房間是西式，但是除了書桌與床，只放了一張小矮桌。

真由美將玻璃杯冰茶放在矮桌，從房間角落拿坐墊過來，坐在摩利正對面。

「要來的話聯絡一下比較好喔。今天我剛好在家，但如果是昨晚妳就會撲了個空喔。」

以真由美的角度，這段話是和手帕交拌嘴，沒什麼特別的意思。

「為了抓九島光宣嗎？」

但是聽到摩利說出完全沒預料到的話語，真由美倒抽一口氣。

「妳怎麼知道光宣的事……」

「十師族果然出動了嗎……十文字也有參與吧？」

被套話了。如此心想的真由美，一臉不高興地看向摩利。

但摩利沒有欺騙真由美的意思。單純只是說出自己的推測。

當成接下來要討論這個話題的開場白。

「其實我也加入九島光宣的追捕了。」

「咦，妳加入了？為什麼？」

「第一師團派出以游擊步兵小隊為核心的追捕部隊。我也受命以隊員身分加入作戰。」

「妳明明還是學生吧……」

「和魔法大學相比，我們對『學生』的定義不一樣。如妳所知，防衛大學的學生在入學的時間點就是國防軍成員。」

摩利的語氣沒有挖苦的感覺。看來她沒對這次的出動抱持不滿。

「妳說的游擊步兵小隊……記得叫做『拔刀隊』吧？以宗師的狂熱信徒組成的魔法師近戰部隊。」

「嗯，就是那個小隊。妳知道這麼多就可以長話短說了。游擊步兵小隊出面要為宗師報仇。我覺得基於私怨出兵是一大問題，不過就我聽到的狀況，不能放任九島光宣繼續亂來。」

「報仇……光宣殺了宗師嗎……？」

「這是確實的情報。」

「怎麼會……」

真由美藏不住內心的震驚。

摩利慢慢喝著冰茶，等待真由美平復情緒。

「……國防軍是從箱根往西方展開搜索網，所以應該不會在當地撞見，不過為了以防萬一，我想先知會一聲以免你們混亂。」

看真由美氣色稍微好一點之後，摩利繼續說下去。看來這就是她真正的來意。

「……摩利，小心點。光宣很難對付。」

「他是戰勝宗師的對手，我好歹知道一對一打不過他，不會魯莽突擊的。」

對於擔心的真由美，摩利以毫不逞強的表情回應。

看著這樣的摩利，真由美心想「她和高中時期不一樣了」。

[3]

艾德華．克拉克提倡的狄俄涅計畫雖然多少遭遇挫折，卻沒有停下腳步繼續進行。現在該計畫不再是由他獨自掌控，ＵＳＮＡ國家科學局的學者團隊正在模擬如何從木星的衛星送冰塊到金星。將會依照這次模擬的結果，設計出包括所有必備要素的魔法式。

比起分解金星的二氧化碳，國家科學局的研究人員更傾向於投入大量冰塊降溫，優先供給水資源。艾德華．克拉克沒反對這項方針。

因為這種事不重要。

金星的地球化始終只不過是表面的目的。狄俄涅計畫的真正企圖，是將擁有質能互換魔法這種荒唐大規模破壞手段的日本戰略級魔法師——司波達也逐出地球。從這個觀點來看，狄俄涅計畫正逐漸產生破綻。

司波達也本人企劃的魔法核融合爐能源設施計畫一反預測，確實朝著實現的目標前進。司波達也是該計畫的核心人物，獲得拒絕參加狄俄涅計畫的藉口。

設施構想本身沒什麼好稀奇的。建設大規模的能源設施，利用設施提供的電力從海水製造氫氣，抽取溶入海水的礦物資源，去除海水裡的有害物質。

若是使用現有技術，這個計畫無利可圖。但若使用以重力控制魔法為基礎的核融合爐「恆星爐」，該計畫在商業角度就能成立。艾德華．克拉克也無法否定這一點。

狄俄涅計畫是要防範人口增加導致的居住空間不足，這個正當名義還沒失去說服力，卻已經無法強辯司波達也非得參加這項計畫。

推動狄俄涅計畫的過程中，恆星爐並非不可或缺。國家科學局的人員正在試算木星圈任務所需的電力是否也能以太陽能發電供給。

另一方面，司波達也的能源設施計畫是以恆星爐為前提構成。

恆星爐設施將來可能提供人類更多的能源，因此不能妨礙這項嘗試。現在這樣的意見也在參議院議員之間傳開。要是這時候強硬主張挖角司波達也，世間或許也會發現克拉克的真正用意。

這樣下去將無法達成狄俄涅計畫的真正目的。

就算這麼說也無法貿然行動。媒體不會對資本家或政治家言聽計從，或許有一兩個記者會揭發真相。即使不是這種正牌記者，任性的臆測不斷累積之橫，無緣無故從中得知真相的機率也不容忽視。

即使覺得愈來愈陷入死胡同，艾德華．克拉克依然沒放棄。

為了尋求扭轉現狀的線索，他繼續和原版「至高王座」收集的龐大資料奮戰。

已經十幾天沒回家了。上次和兒子雷蒙德見面是半個多月前的事。因此（不確定是否能這麼斷言就是）克拉克甚至不知道雷蒙德已經化為寄生物。連雷蒙德這次前往日本，克拉克也是從電子郵件得知，同樣以電子郵件許可。

今天克拉克也在資料大海掙扎。原版「至高王座」和分散在世界各地的終端機不同，可以連接大型電腦儲存並整理資料。克拉克利用戰略模擬ＡＩ的輔助要尋找逆轉之路，卻遲遲找不到妙計。

累積的疲勞開始呼籲放棄的下午三點，這通電話打給克拉克。

『克拉克博士，最近心情怎麼樣？』

一直沒聯絡上的貝佐布拉佐夫，出現在視訊電話的畫面。

「貝佐布拉佐夫，好久不見。老實說，我心情不太好。」

『這樣啊。但這可不是我的錯喔。』

克拉克不禁差點罵出口，好不容易壓抑下來。

貝佐布拉佐夫看起來不在意克拉克的反應。

『我失敗是事實，不過追根究柢，原因是沒能以政治手段阻止恆星爐設施計畫。』

「站在博士您的立場，應該是這樣沒錯吧。」

吵架撕破臉有害無益。即使這麼告誡自己，克拉克也無法克制自己話中帶刺。

『幸好獲得您的理解。站在我的立場，我不能扔著司波達也不管。』

「不過害得事態更加惡化了！」

貝佐布拉佐夫毫無反省之意的態度，終於使得克拉克怒氣爆發。

「暗殺司波達也。這樣很好！失敗也是沒辦法的，只是對方技高一籌罷了。」

畫面中的貝佐布拉佐夫表情顯露不悅。但克拉克現在是「關我屁事」的心境。

「不過多虧博士留下易懂的間接證據，狄俄涅計畫的和平性質遭人質疑了。」

『偽裝成和平的計畫有什麼意義嗎？』

「您說什麼……！」

即使看見克拉克面有慍色，貝佐布拉佐夫也不改冷笑般的語氣。

『狄俄涅計畫的目的是排除戰略級魔法師司波達也。只要能達成這個目的，金星開發肯定一點都不重要。』

貝佐布拉佐夫的指摘切中本質，克拉克無法反駁。

「……博士有什麼妙計嗎？」

克拉克的反問是迫不得已。

『雖然不知道能不能說是妙計，但我有一個提案。』

貝佐布拉佐夫出乎克拉克的預料。克拉克沒想到他會做出具體答覆。

「……我洗耳恭聽。」

克拉克這麼說是想拖延時間，卻也是束手無策陷入絕境想找尋出口的深層心理使然。

『如您所知，我國現在遭受大亞聯盟的侵略。這場區域戰是大亞聯盟單方面策動的，不過預定在明天以我國的勝利了結。』

「博士要使用水霧炸彈是吧？」

『沒錯。』

光是投入戰略級魔法就分出勝負，感覺把戰爭視為過於單純，不過克拉克知道如果只以這次來看，這個單純的圖解很可能成真。

大亞聯盟規劃這次的軍事行動，是以貝佐布拉佐夫不在為前提。若說一個人的存在就能左右開戰與否，聽起來或許很誇張，不過如果換個方式說成「考慮對方是否可能投入戰術核武等級的大規模殺傷性武器來決定軍事行動」，應該就沒人覺得奇怪了。

大亞聯盟計算己方不會遭到水霧炸彈的反擊，侵略新蘇聯沿海領地。所以要是因為水霧炸彈受到重創，心理上肯定更難繼續打下去。在新蘇聯與大亞聯盟兩均戰力平分秋色的狀況中，大亞聯軍士氣低落將成為致命弱點。輕易就能預測新蘇聯的勝利與大亞聯盟的敗逃。

『我國預定趁勝沿著日本海南下。』

「要攻進日本？」

『這邊會準備正當名義，請不用擔心，而且也沒有登陸日本本州的計畫。因為說起來這不是獲取領土的侵略作戰。』

「…………」

『看來您明白了。是的，這是聲東擊西。您知道司波達也的恆星爐設施蓋在哪裡吧？』

「……東京南方一百八十公里處，名為『巳燒島』的火山島。」

『一點都沒錯。和我軍南下的海域相比，剛好位於另一邊。』

「要我們配合貴國南下，破壞建設中的設施？」

『應該不是難事吧？要是設施成為不明國籍恐怖分子的目標，出資建設的資本家也會改變主意吧？恆星爐設施計畫將會被迫終止，司波達也也會失去拒絕參加狄俄涅計畫的藉口。』

克拉克沒能立刻回應貝佐布拉佐夫的提議。

從理性角度思考，這是應該立刻唾棄的有害計畫。國家指使的祕密破壞一旦曝光，USNA的國際信用將會掃地。而且曝光的風險不低。只是暗殺一兩人就算了，針對建設中設施的破壞行動難以完全祕密進行。

然而，因為行事不如意而受到窒礙感折磨的克拉克，覺得貝佐布拉佐夫提出了一個突破僵局的迷人策略。貝佐布拉佐夫慫恿進行的作戰方案，聽在克拉克耳中真的是甜美的惡魔呢喃。

「……貴國的艦隊什麼時候出動？」

『如果作戰順利進行，會在五天後的七月八日出動。』

「五天後嗎……」

克拉克心想來得及。短暫的準備時間，沒能在他內心成為遏阻力。

「我知道了。」

『我早就覺得您會接受。』

貝佐布拉佐夫滿意一笑。

克拉克從這張笑容感受到寒意。以前的（敗給司波達也之前的）貝佐布拉佐夫不會讓他這麼覺得。

◇　◇　◇

西元二〇九七年七月四日，星期四。大亞聯盟和新蘇聯的戰爭在今天進入第七天。

這天早晨，戰況產生重大變化。西伯利亞東側的新蘇聯軍重新編組完畢，防守哈巴羅夫斯克南側的裝甲部隊開始南下。

至今在烏蘇里斯克郊外阻擋大亞聯軍的沿海地區軍隊，也同時開始朝著穆拉維約夫──阿穆爾斯基半島入口後退。

新蘇聯的意圖明顯是要以西伯利亞東側軍隊與沿海地區軍隊夾擊大亞聯盟的侵略部隊。大亞聯盟對此有兩種選擇。

第一個選擇是撤退回興凱湖西岸的占領地區，鞏固該地區的統治。

另一個選擇是搶快追擊南下的沿海地區軍隊，在西伯利亞東側軍隊抵達之前攻占海參崴。只要拿下海參崴，就不必擔心沿著高麗自治區北上的部隊遭受到來自海面的側翼攻擊。從興凱湖西方侵略的東北地方軍隊與高麗自治區的軍隊，將可以一鼓作氣占領沿海地區（以大亞聯盟的說法是「收復」）。

大亞聯盟選擇速戰速決。

大亞聯軍追擊南下後退的新蘇聯軍。但因為決定追擊需要一些時間，加上戰鬥車輛本身的速度差異，使得兩軍大幅拉開距離。

在兩軍間隔超過二十公里時，戰局迎來驟變。

大亞聯軍前方突然瀰漫濃霧。

濃霧在短時間內，將載著六千兵力的戰鬥車輛（包括兵員運輸車）完全覆蓋。

「疏散！」如此大喊的指揮官，大概是直覺嗅到危機。

「驅散濃霧！」向魔法師部隊如此下令的參謀，肯定已經看穿白色簾幕的真面目。

然而，他們應對得太遲了。

不，是對方——貝佐布拉佐夫太快了。

濃霧打造的白色黑暗，瞬間充滿增殖完畢的魔法式。

發生超廣域的氫氧混合氣爆炸。

氫氧比例為二比一的混合氣體。燃燒火焰的溫度不到三千度，肯定遠不如核武的焦點溫度。但是不同於集中單點產生高熱的核彈或普通炸彈，是在數公頃到十幾平方公里的遼闊空間同時產生高熱。此外水霧炸彈原本的攻擊形態（不考慮對方魔法防禦形態）和燃料氣化炸彈不同，是將攻擊對象捲入爆發範圍發動。

不是以爆炸產生的高壓衝擊波造成傷害，是讓敵方直接暴露在攝氏兩千度以上的爆炸。最大破壞規模匹敵多彈頭核彈。

西元二〇九七年七月四日，當地時間八點五十五分。日本時間七點五十五分。

這記魔法癱瘓了大亞聯盟侵略部隊七成以上的戰力。

◇　◇　◇

魔法科高中的上課時間，從一高開始的九所學校都一樣。第一堂課從八點開始。不過第一堂課之前進行朝會或早晨班會的習慣，每間學校各有不同。

第一高中沒有朝會或早晨班會，直接開始上課。

相對的，第三高中每天早上習慣由各班指導老師以朝會為名義為學生打氣。不過這個儀式只限於有指導教師陪同的「專科」，也就是第一高中所說的「一科」。

今天是定期測驗第三天，但是和直到昨天一樣，一如往常舉行朝會。

到了開始上課十分鐘前，一条將輝和他的同班同學一樣坐在自己的座位。

然後指導教師不到一分鐘就入內。五十多歲身材壯碩的男性教師。不是讓學生感到親近的類型，而是以確實的指導能力受到學生信賴的類型。

證實指導教師經驗豐富的訓示進行到中盤的七點五十五分，發生了異狀。

強烈的魔法波動，使得將輝不禁差點起身。

出現反射動作的不只是他一人，同一間教室裡也有好幾個學生真的站了起來。

指導教師沒責備他們。

「朝會中斷。大家在自己座位等候指示。」

男性教師搖手讓起身的學生們坐下，繃緊表情如此告知之後離開教室。

將輝聽著同學們的喧嚷聲，嘴脣緊閉成一條線。

（想子波的震源在北方……不對，北北西？雖然晃得很強烈，但震源位置很遠……）

以將輝的知覺只知道「很遠」，但他直覺將其連結到新蘇聯與大亞聯盟的軍事衝突。

他以學習用終端機開啟以日本海為中心的地圖。積極肯定將魔法用在軍事層面的第三高中，終端機可以開啟豐富的地政學資料。

（推定距離八百公里以上……而且以那種強度，是正牌的水霧炸彈嗎……？）

貝佐布拉佐夫可以依照目的熟練控制水霧炸彈的破壞力，所以沒有真假之分。這次的爆炸也沒有發揮破壞力的上限。

然而不知情的將輝從傳導過來的想子波動強度感受到魔法的威力，在戰慄的同時這麼心想。

不只三高學生捕捉到水霧炸彈的剩餘想子波。這股特大規模波動震撼全日本魔法師的知覺。

這時候的達也，正在從一高回到自家的廂型電車上。

（──魔法式的規模是水平方向三平方公里左右，高二十公尺左右。看來目的應該是殲滅地面部隊。）

大概是要同時消滅廣範圍展開的戰鬥車輛與步兵運輸車輛，所以擴大魔法規模吧。

（密度不高，但是在這麼遼闊的空間同時造成爆炸，國土應該也受到相當程度的損害。這也是一種焦土戰術嗎？）

雖然和原本的意思不同，但是不惜焚燒自己國家的土地也要打擊敵軍。這是政府權限夠強才能採用的戰法。

不過也確實是有效的戰術。大亞聯軍投入的一百幾十輛至兩百輛戰車，加上隨行的戰鬥或運輸車輛被破壞，大概有五千到一萬兵員去向閻王報到了吧。

（雖然和預測的形式稍微不同，不過勝負已定。）

達也也沒預測到新蘇聯──貝佐布拉佐夫會進行這麼大規模的反擊。這麼一來和貝佐布拉佐夫健在造成的心理打擊無關，大亞聯盟已經不可能繼續戰鬥。

達也將頭靠在廂型電車的頭枕，閉上眼睛。

（……慘敗到這種程度，大亞聯盟將暫時無法對外進行軍事行動。）

（現在新蘇聯即使出動遠東艦隊，也不必擔心遭到暗算。）

（雖然不知道會拿出什麼名義……不過應該認定艦隊已經動員完畢。）

「沒太多時間了。」

達也這個想法化為聲音脫口而出。

達也參考水霧炸彈研發的魔法，是用來阻止新蘇聯艦隊南下。

雖然早就知道，不過終於必須加快速度完成了。

廂型電車再十分鐘就抵達離家最近的車站。即使是這段短暫的時間，現在的達也也覺得焦急難耐。

◇ ◇ ◇

大亞聯盟的戰略級魔法師劉麗蕾在友軍潰敗的時候，沒和己方部隊一起移動，而是在後方待命。原本預定在裝甲部隊以及搭乘運輸車輛的步兵部隊發現敵軍之後，再搭直升機和部隊會合。

多虧如此，她在水霧炸彈發動時倖免於難。

率領劉麗蕾護衛部隊的隊長，明知新蘇聯軍正從哈巴羅夫斯克南下依然刻意北上，占領沃茲德維任卡機場。

護衛部隊的隊長向司令部建議立刻返國。在侵略部隊毀滅的現狀，這是理所當然的申請。

但是大亞聯軍司令部命令劉麗蕾及其護衛部隊在現在地點待命。

從哈巴羅夫斯克南下的新蘇聯部隊即使已經掌握護衛部隊的動向，依然沒攻擊或包圍劉麗蕾等人藏身的沃茲德維任卡。

達也取消前往巳燒島，也寄電子郵件知會幹比古中止今天的「封玉」修行，從早上就一直窩在自家大樓的地下研究室。

研發中的戰略級魔法相關研究資料，達也每天都放在儲存裝置帶回去。即使在四葉家東京總部的地下室繼續研究也沒有不便之處。

深雪也是讓她自己回家。畢竟她除了達也還有其他貼身護衛，達也的「眼」也不曾移開。即使如此，讓深雪單獨行動依然是特例。

或許該說不枉費這番努力吧。

利用連鎖演算的新魔法，在晚餐前完成基本設計了。

不是能建構魔法式的啟動式，始終是基本設計，闡明新魔法的系統與概念。

只要再花一天，達也肯定能寫出實用等級的啟動式。

但他故意在這個階段停手。

（完成啟動式的程序，還是交給熟知該魔法實際使用者的技師比較好……）

然後他指定收件人，將完成的基本設計書傳送到前第一研——現在的金澤魔法理學研究所。

◇◇◇

三天前，從殺害九島烈隔天就窩在神戶祕密住處的光宣，直到水霧炸彈向大亞聯軍發威的那天傍晚，才出現在雷谷魯斯與雷蒙德面前。

「光宣……狀況已經沒問題了嗎？」

雷谷魯斯有所顧慮地詢問。光宣以「狀況不好」為由，一直窩在房間不出來。

「已經沒事了。」

雖說狀況不好，卻不是人類時代那種身體欠佳的狀況。實際上只是「不想見任何人」的光宣以冷淡態度回應雷谷魯斯。

「……這樣啊。」

這份態度令雷谷魯斯覺得和以前的光宣不一樣。

——變得不像人類了。

——變得像是寄生物了。

這是雷谷魯斯感受到的印象。但他沒說出口。

即使沒說出口，這個想法依然傳達給光宣，但光宣也沒反應。

「不提這個，兩位都察覺今天早上的魔法了吧？」

「嗯。那是水霧炸彈吧？」

「雖然還沒收到本國聯絡，但應該會下達某些相關的指令。」

雷蒙德只像是感到有趣般點頭，但雷谷魯斯基於菁英軍人的心態認為會影響到他們的行動。

「五角大廈掌握的情報應該會比我們詳細吧。如果美利堅本國下達什麼指示，你們可以優先處理那邊。只不過，傑克，可以現在陪我出去一趟嗎？」

「現在嗎？」

梅雨季節還沒結束。今天雖然沒下雨卻烏雲密布，戶外天色已經完全暗了。這個時段或許適合暗中行動。即使如此，雷谷魯斯還是認為要從現在開始採取某些行動的話有點晚。

「深夜之前就會回來。」

「……知道了。陪你去吧。」

在日光節約時間（夏令時間）的現在，STARS總部所在的新墨西哥和日本時差是十五小時。日本快了十五小時。日本凌晨零點是新墨西哥的上午九點。如果正如光宣所說，那麼本國不太可能在兩人外出的時候下達指令。即使有通訊，潛入橫須賀的第四隊也會之後通知吧。雷谷魯斯是這麼判斷的。

雷谷魯斯知道貝格、迪尼布與斯琵卡三人潛入橫須賀基地，也知道艾克圖魯斯潛入失敗遭到封印。不只是他，雷蒙德與光宣都透過寄生物的心電感應網路共享情報。

「我也可以去吧？我可不想被排擠喔。」

雷谷魯斯答應之後，旁邊的雷蒙德嘁嘴插話。

「是潛入任務耶？我認為不適合雷蒙德……」

「沒問題。我可以的。」

聽到光宣如此直接指摘，雷蒙德不悅反駁。

「光宣。雷蒙德確實缺乏經驗，但他不熟悉的部分由我來彌補，所以可以也帶他去嗎？」

看到雷蒙德情緒激動起來，雷谷魯斯為了避免內鬨而介入打圓場。

表面上為雷蒙德辯護，同時認同光宣的說法正確。雷谷魯斯的說法讓雷蒙德不再開口。

「既然傑克這麼說……」

光宣也表示讓步。

不是搭廂型電車或都市間的高速電車，而是搭乘自動車在高速道路行駛一個多小時。

「那裡，難道是……？」

「九島家本宅。也就是我家。」

對於雷蒙德的推測，光宣自己補足答案。載著光宣、雷谷魯斯與雷蒙德的自動車，停在九島家前方不遠處的路上。

「居然要偷偷溜進自己家，仔細想想還滿丟臉的……」

光宣苦笑下車。

雷谷魯斯與雷蒙德也照做。

「父母與兄弟肯定都知道我成為寄生物，所以這也沒辦法。」

光宣微微聳肩，朝九島家後方踏出腳步。

雷谷魯斯與雷蒙德只轉頭相視一次，就立刻跟在光宣身後。

光宣在圍牆轉角停下腳步，轉身面向兩人。

「接下來麻煩別洩漏想子波動。」

「知道了。」

「ＯＫ。」

大概是滿意兩人的回應，光宣再度前進。

途中，雷谷魯斯與雷蒙德都知道光宣用了好幾次魔法。

但是兩人都不知道光宣具體做了什麼。

緊貼在光宣身後以免跟丟的兩人，不知何時行走在高聳圍牆的內側。

不知何時，行走在高聳圍籬之間。

接著忽然來到雖小卻古色古香又氣派的一扇門前。

光宣輕輕吐一口氣。

「現在使用魔法也沒關係了。」

他轉頭告訴後方的兩人。

「請傑克與雷蒙德癱瘓二樓與三樓人們的戰力。可以的話別下殺手最好。」

「收到。」

雷谷魯斯回應之後，光宣點點頭打開門。

在這種狀況或許理所當然，但三人都沒脫鞋。

「我興奮又期待耶。」

「雷蒙德，你這樣很輕率。」

光宣目送兩人上樓的背影之後，走向一樓的飯廳。平常這時候是父母與哥哥用餐的時間。說不定兩個姊姊也為了參加爺爺烈的葬禮從夫家回來。

（記得葬禮是在下下週日……）

即使先前足不出戶，光宣還是有收集情報。聽到爺爺葬禮的日期也沒有受到預料中的打擊，這件事反而令他感到打擊，但他認定自己當時的情感應該處於麻痺狀態。不能承認自己的心理狀態或許逐漸近似寄生物。

精神上依然維持自我。

這是支撐光宣行動的大前提。要是這根支柱在這裡倒下，他將無法為自己的行為正當化。

光宣突然感覺想吐，摀住自己的嘴。

他認為這是因為爺爺的葬禮日期令他實際感受到「尊敬的爺爺」已經死亡。

（……要悲嘆等一切結束再說。）

光宣如此告訴自己，邁步向前。直到剛才思考的事情（自己的精神正逐漸近似寄生物的可能性），他下意識地不去正視。

九島家的宅邸很大。後門到飯廳有一段距離，房間數量也多，但這裡是光宣長大的家。他一次都沒迷路，也沒被任何人發現就抵達家人使用的飯廳。

原本想敲門，接著不出聲露出苦笑。他想起自己是「入侵者」。光宣搖搖頭放下手，推開往內開的門。

「是誰？……光宣？」

驚慌反應的是座位最靠近門的二哥。他原本背對這邊，所以更加慌張吧。只不過這份狼狽的最大原因，肯定在於光宣刻意散發的寄生物氣息。

「光宣……！」

大哥做出不同於二哥的反應。

直到頂開椅子起身的動作都一樣。但大哥並非只是驚慌，他操作ＣＡＤ要呼出啟動式。

讀取的魔法是「精神打擊」。大概是反射性地考慮到這裡是屋內，使用不會造成物理層面影響的術式吧。

即使不是這個原因，比起四大系統八大類的魔法，九島家長子九島玄明更擅長精神干涉系的魔法。精神干涉系攻擊魔法的基本術式「精神打擊」，玄明使用起來不可能失手。

不過實際上，「精神打擊」沒有發動。

「居然把玄明的精神打擊取消了……？」

長女白華以不敢置信的語氣輕生說。不愧是拿手魔法，玄明的「精神打擊」發動速度很快。

至少她或是二女朱夏、二男蒼司都無法妨礙玄明發動術式。

「有什麼事？」

維持沉穩表情與聲音詢問光宣的人，是戶籍上的母親九島紫乃。

「父親還沒回來嗎？」

光宣沒回答紫乃的問題，反而這麼問。

「真言大人吩咐過，他要視察工廠所以晚點回來。」

紫乃的年齡比真言小一輪以上。並非因為對方是光宣，她在家裡或外面都是這樣說話。

「工廠？」

九島家對各種軍事企業出資。光宣雖然發出疑惑的聲音，卻想起這件事而重新認為「沒什麼好奇怪的」。

「方便告訴我是哪裡的工廠嗎？」

「嗯，可以。」

紫乃二話不說就答應，告知位於宅邸所在地生駒市近郊的工廠地址。

「既然是有事要找真言大人，一開始就該這麼說，你看玄明他們都陷入不必要的混亂了。」

然後像是把光宣當成外人般斥責。

紫乃的態度沒讓光宣受到打擊。

「我沒有別的事要找媽。」

不只是紫乃，白華與朱夏都皺起眉頭。不只是因為「沒事」這種無視於顧慮的說法刺激不快感，更是因為感覺到「媽」這個字暗藏「母親」以外的意思。

但是長女與二女都沒有餘力計較這件事。

「不過要請哥哥與姊姊們成為我的助力。」

「這是什麼意思？」

二女朱夏回以倔強的話語。不過看她不安的表情就明顯知道她只是在逞強。

「請成為我的部下。啊啊，不是我要成為九島家當家的意思，所以各位可以放心。只是在我達成目的之前暫時幫忙。因為我已經知道，光靠我一個人敵不過攜手合作的七草家與十文字家，也敵不過四葉家。」

「要我們背叛同為十師族的他們嗎？」

二男蒼司粗魯大喊。

「蒼司哥，你說這什麼話？九島家已經不在十師族行列了啊？」

「唔……」

但是光宣隨口帶過之後，蒼司說不出話。

「即使已經不是十師族的成員，也不能對妖魔言聽計從！更何況是你這個殺害爺爺大人的妖魔！」

長男玄明展現骨氣。可以說不愧是下任當家的志氣。

他再度要向光宣使用魔法。

「嗚……！」

但是啟動式還沒讀取完畢。他就按住胸口低下頭。

光宣以壓倒性的速度發動精神干涉系的魔法攻擊。

「可以停止無謂的抵抗嗎？」

光宣朝玄明伸出右手，維持這個姿勢平淡告知。

「身為前十師族不能向魔物臣服，我可以理解這份心情。所以我沒要求當家的寶座，也不打算要求高調協助。只要在十師族不知道的地方暗中幫我就好。」

光宣露出純真的笑容。絲毫沒有取悅對方的企圖，理所當然不考慮對方的感受，像是孩童又像是帝王的笑容。

光宣這番話沒得到回答。長男處於無法回答的狀態，二男、長女、二女對於光宣當面展現的實力差距，連一點聲音都發不出來。

戶籍上的母親雖然沒露出畏懼的表情，卻緊閉著嘴轉頭避開光宣的視線。

「雖然這麼說，但我知道各位不能不顧父親就答應我的要求。我會先和父親談妥，所以請在這裡等我回來。」

說完這句話的同時，光宣發動新的魔法。

繼母、哥哥與姊姊們失去身體的力氣，接連從椅子摔落。要是趴在桌上肯定會整張臉撞向餐盤，所以摔到地上可以說是還算好的結果吧。

強制又迅速逼人入睡的精神干涉系魔法。光宣親手將家人關進睡眠的牢籠。

光宣的魔法並不是只以家人為對象。一樓的幫傭毫無例外被剝奪意識。也有人剛好在使用利器，或是倒下的時候撞到要害而受重傷，不過光宣走遍屋內，只要看到傷患就使用魔法治療。

光宣和雷谷魯斯、雷蒙德兩人再度會合的地點不是後門，是正面玄關大廳。

「光宣。」

被下樓的雷谷魯斯叫住，光宣停下腳步抬頭。

「結束了嗎？」

「嗯。讓所有人睡著了。雖然受到三人的激烈抵抗，不過勉強免於奪走他們的命。」

「處理得真順利。」

光宣露出笑容點頭。

「話說回來，沒殺掉而是讓他們睡著，是為了利用他們嗎？」

跟著雷谷魯斯從二樓走下來的雷蒙德，以開朗語氣這麼問。

「我想請求協助的不是宅邸的幫傭，是在外面工作的部下。但我把他們當成自己人，所以不想招致他們反感。」

「是喔……不過你都殺掉九島將軍了，現在補救應該來不及吧？」

「雷蒙德！」

被雷谷魯斯以強硬語氣斥責，雷蒙德縮起脖子。

「光宣，那個……」

「傑克，請不用在意。」

光宣回應的語氣，像是在安撫慌張的雷谷魯斯。

「我殺害爺爺是事實。但如今也有很多人不是對爺爺效忠，而是對父親效忠。」

「是喔……」

雷蒙德的低語聽起來沒有反省的樣子。

就算這麼說，光宣也沒有壞了心情。

「我要去父親那邊。請陪我一起去。」

光宣說完，不等回應就走出玄關。

◇　◇　◇

金澤魔法理學研究所──前魔法技能師開發第一研究所境內有研究員用的單身宿舍。身為國立魔法大學附設第三高中學生又是研究所員的吉祥寺真紅郎，住在這裡的單身宿舍。

第三高中和第一高中一樣，現在正處於期末考期間。雖然這麼說，但吉祥寺沒花太多時間唸書備考。隔天要考的科目總共只花兩個小時複習，剩下的時間一如往常用在研究所的工作。

全世界最初發現「始源碼」的吉祥寺，被允許將時間與預算用在自己的研究主題，也就是完成始源碼的理論。

但是很可惜，無法只專注於自己的研究主題。魔法學還沒成熟到能特化為各種細分過的專業領域。上級研究員也經常委託他驗證新的假說。

吉祥寺實際上都住在研究所，工作時間與私人時間的界線有著模糊的傾向。他今天吃完晚餐之後，也回到自己的研究室打開終端機要繼續進行研究，然後發現收到一封寄給他的外部電子郵件。

來自所外的通訊，都以確保安全的觀點接受檢查。既然傳送到個人終端機，就表示安全上沒有問題。

「司波達也寄的……？」

吉祥寺首先對寄件人的姓名感到驚訝。既然寄到研究所，應該是關於魔法理論的郵件吧。不過吉祥寺和達也之間別說私信交流，也沒有在研究層面交換意見的關係。

對於吉祥寺來說，這封郵件來得唐突。吉祥寺抱持「到底寄了什麼給我？」的疑惑心情，開始閱讀郵件。

「……這是！」

內文看到一半，閱讀速度加快了。吉祥寺還沒看完整封郵件就打開附件檔案。上面所寫的內容過於震撼，他不得不立刻確認。

「…………」

檔案內容是啟動式的基本設計書。啟動式本身扮演的角色就是建構魔法式的設計書，不過基本設計書是記載使用了何種技術建構何種效果的魔法式，列出啟動式應該記述的項目以及應該寫入的模組。

首先吸引吉祥寺目光的，不是呈現魔法全貌的概念內容，是組成元件的模組之一。

「連鎖演算？」

這是吉祥寺第一次看見的技術。

「這是水霧炸彈的基幹技術……？」

真的假的？吉祥寺不禁心想。他無法理解司波達也為何將這麼重要的情報提供給他。

吉祥寺重新精讀模組。他很快就知道這應該不是用心設計的惡作劇。

「……要求的魔法演算能力太高，連我都無法完全駕馭。」

吉祥寺光是重讀連鎖演算的模組數次，就發現這項技術的嚴重問題點。

比起平均水準的魔法師，吉祥寺擁有相當強的魔法處理能力。即使以他的能力也無法完全駕馭連鎖演算。

連鎖演算這項技術是連鎖複製小規模的魔法式，藉以實行空間層面的大規模魔法。不過將原始魔法式複製展開的次要魔法式內含過於龐大的情報量。考慮到整體的效果，魔法式規模確實壓縮得很精巧，即使如此，要由一個魔法師獨自處理應該也會負荷過重。

「將魔法師的變數處理程序全部轉移給內建高性能電腦的ＣＡＤ，藉以減輕負擔，到這裡我都看得懂。不過，就算這樣……要隨心所欲操控這種魔法，即使是剛毅先生也辦不到吧？不過以將輝的實力或許有可能……」

這段自言自語傳入耳中，吉祥寺頓時僵住。

（以將輝的實力？）

這次他沒發出聲音思考。

（……若能整理啟動式縮減尺寸，以將輝的實力就能運用自如？）

吉祥寺再度從頭閱讀基本設計書的主文。

然後，他理解到這份設計書是用在哪個魔法。

（這難道是……）

「利用連鎖演算發動海面專用超廣域『爆裂』的基本設計？」

吉祥寺回過來檢視還沒看完的電子郵件內文。

內文最後寫著「祝吉祥寺與一条順利成功」。

◇　◇　◇

抵達從繼母口中問到的地址，光宣描繪美麗弧線的眉頭深鎖。

看得出投入最新技術的這棟小規模建築物，是機器人的製造工廠。

光宣使用電子金鑑，從員工出入口入內。他刻意沒隱藏氣息。

正如預料，「警衛」立刻現身。

酷似人類的女性型機械。是戰鬥用的女機人。

女機人以靈敏動作襲擊光宣。

雷蒙德的念動力將女性型機器戰士往後推。

「喔？這傢伙很強耶？」

雷蒙德是抱著壓扁女機人的心態行使念動力。但女機人的身體抵抗念動力的拘束慢慢前進。

迸出電擊的火花。

是雷谷魯斯的釋放系魔法。

女機人停止動作，無力倒在地上。

「……這是性能非常好的機器戰士。尤其是骨架強度令人瞠目結舌。」

雷谷魯斯說出軍人會有的感想。

但光宣著眼的不是機體本身的性能，而是另一個部分。

（這不是寄生人偶的基體嗎……？）

「走吧。我不想浪費時間。」

光宣沒說出這個疑問，催促雷谷魯斯與雷蒙德前進。

光宣尋找的人物，他的父親九島真言，位於工廠的生產線。

「還以為您在控制室。」

即使光宣搭話也沒獲得回應。真言自己或許願意對話，但是將他護在身後的人牆成為阻礙。

「可以請護衛退下嗎？只要沒被攻擊，這邊就不會出手危害。工廠的各位也請放心。」

光宣掛著笑容說完，對這番話明顯露出安心表情的，是和真言有一段距離，躲在最新型自動製造裝置（非人型工作機器人）後方的一群人。除了襯衫加長褲的一人，所有人都穿著同款工作服，幾乎肯定是這間工廠的員工吧。

相對的，即使在盛夏依然穿著長袖黑色西裝和光宣對峙的男性們，表情因為緊張而更繃得更緊。如果手上拿著槍，感覺他們隨時都會扣下扳機。

「所有人，退下。」

至此，九島真言終於開口了。

護衛人牆露出猶豫的樣子往兩側分開。

「父親，好久不見。」

在光宣身上看不出畏縮，從兩人的實力差距來看或許理所當然。但若考慮到兩人的關係，光宣內心保持平靜頗為不自然。

「我以為你會更早過來。」

真言這邊也是，一般來說應該稍微露出罪惡感。

「還以為你是瑕疵品，其實是半成品啊。我完全沒料到你讓妖魔附身之後就成為完成品。」

對於真言薄情……應該說無情的這番話，光宣沒有生氣或哭泣，只露出冷笑。

「謝謝您願意對我說出真心話。多虧這樣，我也不必抱持罪惡感了。」

「我沒想到妖魔也有罪惡感這種情感。」

「有學者假設寄生物的主體是來自人類精神活動的獨立情報體。如果這個假設正確，我們擁有人類的情感也沒什麼好奇怪吧。」

「前提是假設正確。」

真言看起來像是豁出去的傲慢態度沒有變化。光宣懶得繼續應付父親的廢話。

「這間工廠在製造寄生人偶的基體是吧？」

光宣無視於前後脈絡改變話題。

「你是來問這種事的？」

「基體庫存幾具？啊啊，父親不用回答沒關係。那邊的你，麻煩回答我。」

光宣打斷正要開口的真言，詢問穿襯衫的男性。

「已……已經完成的基體共二十四具，進度超過五成的半成品共十二具。」

「總數是已經移植寄生物完畢的個體兩倍以上嗎？看來父親沒放棄賣給國防軍。」

「哪裡需要放棄？寄生人偶本身沒有問題。只是上一代在測試運用的時候出了差錯。」

這裡說的「上一代」是九島烈。真言毫不猶豫批判自己的父親。

關於寄生人偶的實用性，光宣也抱持相同意見。但是真言對烈若隱若現的惡意，使得光宣視線的溫度愈來愈低。

「……那麼，包括已經完成以及正在製造的基體，我要求九島家服從我的命令。」

光宣的語氣高壓到不必要的程度。這大概反映光宣對烈無止盡的想念。

「知道了。」

真言回應得非常乾脆，甚至令人質疑他是否理解光宣的要求。

「當家大人，可以嗎？」

護衛們出現反彈的聲音，或許該說是當然的演變。

「抵抗也沒用。」

對於他們，真言也以平淡——應該說令人感覺缺乏活力的語氣回應。

「光宣是打倒前任當家，『九』之魔法師的完成品。既然光宣是九島家最強的魔法師，我們服從光宣是理所當然。」

從他的話語與表情都完全看不出懊悔。

說出「完成品」這三個字的真言聲音，令人覺得洋溢著一反遺憾的滿足感。

◇◇◇

光宣抵達生駒市郊外工廠的時候，達也與深雪在吃遲來的晚餐。

「今天很抱歉。」

用餐時，達也毫無徵兆出言道歉。

「哥哥……不好意思，我不知道您在說什麼。」

深雪睜大雙眼反問，看起來心裡真的沒有底。

「今天讓妳一個人放學回來。」

「如果是這件事……」

不知道達也要說什麼而有點緊張的深雪，輕輕放鬆表情。

「我認為哥哥不需要在意。畢竟哥哥已經不是『守護者』，護衛們也確實盡了職責。」

「即使妳說不需要，我還是會在意。」

「是……是嗎？這就……謝謝哥哥了。」

深雪臉蛋羞紅，視線游移，之後低頭輕聲補充說「哥哥好壞」。

達也確實聽到這句話，但他刻意不反應。這時候詢問「我哪裡壞？」的嗜虐心態，在達也身上不存在。

晚餐的餐具收拾乾淨，餐後咖啡擺在餐桌之後，兩人才繼續交談。

「方便請教哥哥今天做了什麼嗎？」

繼續交談的契機是深雪的詢問。深雪由衷認為達也不必道歉，但也確實在意哥哥做了什麼。

「……也好。」

達也猶豫片刻，最後點了點頭。大概是認為雖然沒預定要說明，卻也沒理由保密吧。

「戰勝大亞聯盟的新蘇聯，可能沿著日本海南下。」

「新蘇聯要向日本開戰嗎？」

「應該不是突然宣戰，而是巧立名目讓艦隊出動吧。比方說宣稱本次紛爭的戰犯逃到日本，所以要求日本交人。」

「日本政府有可能收容大亞聯軍的逃犯嗎？」

「在這種時候，用來出兵的名義怎樣都好。至於新蘇聯的目的，各種推測都可能成立。無論他們的企圖是什麼，既然可能遭受侵略，就必須有所防備。」

「哥哥會像是橫濱事變那時候一樣出動嗎？」

「東道閣下支持ＥＳＣＡＰＥＳ計畫的條件，就是我要成為他國軍事野心的遏阻力，所以我不能置身事外。不過這次和橫濱事變那時候不一樣，應該不會擊退他們一次就結束。」

「……為什麼？」

「和當時的大亞聯盟不一樣，新蘇聯知道『質量爆散』的存在。既然採取軍事行動，肯定已經預先作好準備，防範都市與基地直接遭受攻擊。」

「但我認為哥哥的質量爆散沒有防範的手段……」

「並不是無法以魔法防範質量爆散。而且即使不以魔法對抗，也有方法讓我不能攻擊。」

「這種事有可能嗎？」

「比方說，宣布海參崴是不設防城市。」

「宣布之後會怎麼樣？」

「即使宣布是不設防城市，鄰近的軍事設施也不會免於遭受攻擊。因為軍事設施光是存在就是一項軍事力。但是如果以質量爆散攻擊海參崴的軍港設施，都市區域也會遭殃。因為那個魔法

無法限定攻擊範圍。如果不想被抹黑成無視於戰時國際法的蠻橫國家，就非得放棄使用質量爆散攻擊。」

「但我覺得這也太自私了。」

「意圖確實很明顯。不過即使知道是詭計，只要對方照規矩完成程序，這邊就不能無視。」

深雪沒藏起自己無法接受的表情。這是理所當然的感覺。

不過再怎麼不講理，規則依然是規則。可以藉此取得正當名義。而且在國際政治的擂台上，正當名義擁有的攻擊力勝過核武。

「至於海面戰力，他們也有方法阻止我使用質量爆散。例如安排難民船團，和戰鬥艦船保持不會被一般兵器流彈打中的距離。若要以質量爆散殲滅散開的艦隊，就必須進行某種程度的大規模攻擊，但要是這麼做會殃及難民船團。」

「……破壞力太強帶來的煩惱是吧。」

「可以說因為難以調節破壞力，才讓對方有機可乘。基於這個原因，新蘇聯侵略的時候，這邊需要其他的迎擊手段。」

「……難道說，哥哥正在為此研發魔法？」

至今眉頭深鎖的深雪，以閃亮的雙眼這麼問。

她的變化令達也差點苦笑，實際上卻是露出老實表情點頭。

「已經完成基本設計。之後就讓實際使用的那些傢伙努力吧。」

「不是由哥哥使用嗎？」

「我只能使用『分解』與『重組』。」

「……恕我失言。」

「沒關係。」

達也露出笑容表示不在意的表情背後，對深雪有所隱瞞。

利用連鎖演算的戰略級魔法。達也將這個魔法提供給吉祥寺，要讓一条將輝使用。

不過如果只考慮適合度……

新戰略級魔法的系統，深雪才是最適合的人選。

◇◇◇

依照STARS指揮系統的相關規則，作戰指令是由五角大廈的參謀總部直接發給總隊長。但在總隊長不在的現在，這道命令傳送給基地司令官。

當地時間七月四日上午十點。日本時間七月五日凌晨一點。

STARS總部基地司令官渥卡上校，對於螢幕顯示的命令內容啞口無言。

「我可以理解為何要暗中破壞建設中的恆星爐設施……」

這是早就在檢討的作戰方案。為了去除戰略級魔法師司波達也的威脅，其中一個方法是毀掉他提倡的恆星爐設施計畫，並且動用國際壓力強迫他參加狄俄涅計畫。比起暗殺司波達也的直接手段，這個方法的確實性比較差，但實行時的風險比較小，上頭一度批准實行這項作戰。

後來因為出現寄生物又因而造成叛亂騷動，所以作戰實際上被迫中止，但是命令本身沒有失效。

這次的指令換句話說就是指示擱置至今的作戰再度開跑，如果對此覺得意外或許很奇怪。不過……

「……居然要趁著新蘇聯遠東艦隊聲東擊西的時候遂行任務？」

雖然知道ＵＳＮＡ與新蘇聯在狄俄涅計畫屬於合作關係，卻從來沒想過會在軍事行動聯手。至少和新蘇聯有過交戰經驗的軍人沒想過。

「不能對往事耿耿於懷是吧，不過……」

情感上某方面無法接受。

連渥卡這樣的高級軍官都這麼想。

實際搏命戰鬥過的士兵們會有什麼感覺？渥卡忍不住感覺到一絲不安。

「人選必須慎重選擇……不對，這不是我該思考的事。」

STARS派出的成員，將會是已經潛入日本的雷谷魯斯與貝格他們。這方面沒有現在重新檢討的餘地。支援他們的人員將會從其他部隊派遣，但是這批人的挑選不屬於渥卡的權限。

這麼說來……渥卡連帶想起一件事。

——上個月上旬，已經命令艾克圖魯斯上尉與貝格上尉暗中破壞恆星爐設施。

——潛入日本不久就受重傷的艾克圖魯斯上尉，有可能重返這項作戰嗎？

七月五日清晨。

國防海軍橫須賀基地，看得見在境內跑步的兩名美軍女性軍官。

現在ＵＳＮＡ的空母停靠在橫須賀港。即使美軍官兵四處行走，也不會只因為這樣就引人注目。

她們之所以顯眼，是因為兩人的外貌即使躍上時尚雜誌封面也不奇怪。

一人是棕色短髮加褐色雙眼的都會型美女。散發的氣息使得訓練用的短袖樸素上衣看起來也很時尚。

另一人是銀色長髮加藍色雙眼的窈窕北歐系美女。明顯撐起挖背背心的雄偉雙峰，使得年輕

男士兵不知道眼睛該看哪裡。

「好熱……」

不是簡單的慢跑，是衝刺、跳躍、深蹲與拉筋的組合。結束這套頗為吃重的訓練之後停下腳步的北歐系美女蕾拉．迪尼布，以手掌朝胸口搧風呻吟。

「日本有這麼熱嗎……」

「這個季節好像受到熱帶海洋氣團的影響，所以高溫又潮溼喔。」

都會型美女夏綠蒂．貝格擦著額頭流下的汗水，回答蕾拉不知道是發問還是牢騷的這句話。

「我好像知道斯琵卡中尉不想到戶外的理由了……」

包括蕾拉現在說的「斯琵卡中尉」在內，她們三人是潛伏在日本的STARS隊員。

三人都再來到日本之前化為寄生物。雖然是以半暗算的形式被植入寄生物，但是同化完畢的她們對此沒抱持不滿。不過現在這一瞬間，她們有點不滿於自己放棄當人類卻依然會覺得炎熱。

「『獨立號』回來了。」

走回宿舍的途中，她們用來潛入日本的空母出現在海面。歷史上的第六代「獨立號」。第三次世界大戰前開始建造的這艘老牌空母，當初預定要安裝原子爐，卻因為大戰時禁止戰鬥艦船搭載原子爐，所以（表面上）變更為氫氣渦輪引擎。

「希望有好消息。」

獨立號在夜晚出海，是為了進行艦載機的夜間起降訓練。不過背地裡的目的是接收無法以無線電傳達的本國極機密指令與祕密情報。

「希望早點查出叛徒丫頭的下落。」

貝格說完，蕾拉語帶不耐接著說。她提到的「叛徒丫頭」不用說，當然是莉娜。

「找不到的話，叫他們交出來就好。」

目前已知莉娜應該是被日本政府以外的組織藏匿。但是日本政府——日本軍不可能不知道她躲在哪裡。

雖然不知道日本軍隱藏「叛徒天狼星」的行蹤有何居心，但是只要持續強烈施壓，肯定很快就會招供。不然破壞兩三個可疑設施或許會變得好說話。

——貝格本來不太會思考政治上的利益得失，即使如此，她也不是認真思考這種近似恐怖攻擊行徑的軍人。在化為寄生物的STARS隊員之中，她的心理變質程度相當顯著。

◇　◇　◇

二〇九七年七月五日上午八點。

回到神戶藏身處的雷谷魯斯，透過寄生物的心電感應網路收到STARS總部的指令。

西太平洋公海航行的空母以電報形式接收指令書，以戰鬥機送到停靠在橫須賀港的空母，潛伏在橫須賀基地的貝格再透過寄生物之間共享的意識傳給雷谷魯斯。這道命令按照如此麻煩的步驟傳送過來。

由於是透過寄生物的集合意識共享情報，所以內容也傳達給同為寄生物的雷蒙德與光宣。

「你怎麼看？」

雷谷魯斯出聲詢問光宣。光宣身為寄生物卻保留人類的「個」性。光宣可以自由連結到寄生物的集合意識，但是雷谷魯斯、雷蒙德與橫須賀的貝格等人，都沒成功入侵光宣的意識。

「來自STARS總部的指令，湊巧和我原本想拜託傑克的牽制作戰一致。請傑克參加恆星爐設施的破壞計畫。」

「光宣要趁機搶走那位女性嗎？」

詢問的不是雷谷魯斯，是雷蒙德。

「我是這麼打算的。雷蒙德也要一起來嗎？」

「不，我去支援傑克。」

光宣也對這樣的安排沒有異議。

「即使光宣沒委託，我也打算按照總部的指令行事，不過……」

「在擔心什麼嗎？」

聽到光宣這麼問，雷谷魯斯跨越內心的猶豫。

「在這之前，我想確認艾克圖魯斯隊長的現狀。可以的話想幫他解開封印。」

艾克圖魯斯抵達座間基地沒多久，就被日本的古式魔法師封印，現在依然藏在降落於座間基地的運輸機上。這是雷谷魯斯的認知。

「知道了。那就先去看看艾克圖魯斯隊長的狀況吧。」

光宣一反雷谷魯斯的預料，親切答應他的要求。

「不是要先等新蘇聯艦隊開始南下，我們再前往東京嗎？」

雷蒙德的疑問很中肯，但光宣露出笑容搖頭。

「如果事態按照STARS的作戰進行，那麼十師族與國防軍都沒有餘力逐一檢查來自西方的旅客喔。」

光宣的語氣隱含自信與從容。

〔4〕

日本時間七月五日上午九點。大亞細亞聯合政府要求新蘇維埃政府在遠東地區休戰。

一小時後，新蘇維埃政府提出休戰條件。其中一個條件是引渡戰爭罪犯。

日本時間七月五日上午十點二十分。當地時間上午十一點二十分。

海參崴北方，位於烏蘇里斯克以北的沃茲德維任卡。藏身於此處的劉麗蕾被護衛部隊的隊長叫去。

「……新蘇聯要求交出我？」

劉麗蕾以僵硬的聲音反問護衛部隊的林隊長。

「是的。新蘇聯政府要求引渡的戰犯名單中，劉校尉的名字在前排。這是確實的情報。」

護衛部隊都是女性，林隊長也是女性少尉。年齡比劉麗蕾大，而且大了十幾歲，但軍階同樣是少尉。不過劉麗蕾除了對外的軍階，還擁有只在大亞聯軍內部通用的「校尉」這個特殊軍階。

這個措施是避免前線指揮官以軍階較高為理由擅自命令劉麗蕾。

劉麗蕾不依照通常的軍階秩序，固定只服從該戰爭的最高指揮官。若是依照大亞聯軍特殊的順位規定，劉麗蕾校尉是地位僅次於最高指揮官的直屬軍官，立場高於護衛部隊隊長林少尉。

「戰爭罪犯……」

劉麗蕾咬住失去血色的嘴唇。但即使內心受到強烈打擊，也沒說出「為什麼」或「怎麼會」這種話。

她也知道，行使戰略級魔法和使用大規模殺傷性武器一樣，很容易連結到「非戰鬥人員的死傷」。

要是戰爭獲勝就不會被問罪。

但要是敗北，就會被當成重罪犯送上處刑台。

林隊長像是要注入勇氣，以雙手包覆劉麗蕾的右手。

「劉校尉，逃走吧。」

「林隊長？」

「不需要乖乖接受勝者的制裁。因為校尉只是聽命行事。」

「可是如果我逃走，休戰就無法成立吧……」

「這不是校尉該思考的事。」

「可是這麼一來，祖國處境會變得艱難……」

「劉校尉。不，小劉。」

林隊長的語氣從勸諫長官的語氣，變成溫柔勸說晚輩孩子的語氣。

「妳不必思考這種事。因為妳還是孩子。」

「……我不是孩子。我是獨當一面的魔法師。」

「不。妳不是才十四歲嗎？如果國家願意庇護妳，那妳就應該報國。但國家明明想犧牲妳，妳就不必聽話照做。小劉，妳應該活下去。」

「可是……」

「那麼，請妳這麼想吧。」

劉麗蕾依然無法下定決心，林隊長回復為先前的語氣繼續說服。

「要是劉校尉接受處刑，祖國將再度失去戰略級魔法師。」

其實大亞聯盟有六名非公認戰略級魔法師。這是大亞聯盟的最高機密，林少尉不知情。只是這六人的魔法有著重大缺陷，除非面對國家存亡的危機，否則無法動用。除了劉麗蕾就沒有「平常能使用」的戰略級魔法師。基於這層意義，林少尉「國家將沒有戰略級魔法師」的主張也沒錯。

「在這個時候甘願承受叛徒的污名也要逃命，肯定會在將來為祖國帶來莫大的利益。」

「說得……也是。」

即使失去名譽也要為祖國盡忠。看來「悲劇女主角」的角色打動劉麗蕾的內心。

「我認為隊長說的沒錯。」

「您下定決心了嗎？太好了……！」

看到林隊長比自己還開心，劉麗蕾內心冒出對她的共鳴與依賴。

「我立刻幫妳進行逃走的準備！我一定會送劉校尉到安全的場所。」

「好的，拜託了。還有，請叫我『小劉』吧。那個，因為我接下來要拋棄大亞聯盟軍的身分逃亡。」

「那妳也叫我『林姊』吧。小劉，在這裡等我一下。」

林少尉改為親切的語氣，眨眼使眼神之後離開房間。

劉麗蕾以靦腆表情目送。

劉麗蕾等人藏身於沃茲德維任卡的民用機場。幸好這裡保管著航程超越兩千公里的商務噴射機，以及能裝滿油箱的燃油。

「準備起飛，快點！燃油加滿了嗎？」

林少尉朝著機庫裡工作中的部下們吆喝。

「再五分鐘完成！」

「機體狀況，一切正常！」

「跑道檢查完畢！無異狀！」

機體從昨晚就開始整備。她們顯然預設不是以自己的直升機，而是以航程長的小型噴射機逃離。

將部下的工作檢視一次之後，林少尉走上塔台。室內沒有她以外的人影。

她坐在通訊機前面，打開無線電的開關。

「這裡是госпожа Тайга。聽到請回答。」

她是以俄語呼叫。「госпожа」是英文的「Ms.」，「Тайга」是「亞寒帶針葉林」的意思，也是取大亞聯盟軍旗「虎」的諧音，是林少尉的代號。

『這裡是「баран снежный（雪山盤羊）」。請報告現狀。』

對方當然也以俄語回應。

「說服劉麗蕾成功。接下來將按照預定計畫前往日本。」

『收到。哈巴羅夫斯克的部隊約一小時會抵達沃茲德維任卡，在那之前逃離完畢。』

「Тайга收到。」

從這段通訊就可以知道，林少尉是叛變投靠新蘇聯軍的特務。

當地時間接近正午，沃茲德維任卡機場一架小型噴射機朝南方起飛。即使還處於休戰沒成立的紛爭狀態，新蘇聯軍也直到該機通過海參崴東方才做出反應。

雖然戰機起飛追蹤，但在商務噴射機到達公海的時候，追擊的戰機就折返了。日本軍的雷達捕捉到這段行動，不過日方判斷新蘇聯結束和大亞聯盟的戰爭之前應該不想刺激日本與美國，所以沒有想太多。

小型噴射機就這麼穿越日本海，在因應領空侵犯緊急起飛的日本國防空軍軍機引導之下，降落在前石川縣的小松基地。

◇ ◇ ◇

艾德華．克拉克在國家科學局加州分局擁有專屬房間。最近他一直無視於工作規則，整天住在自己的房間。

當地時間七月四日下午十點（日本時間七月五日下午兩點）。即使是深夜依然繼續工作的克拉克，終端裝置收到一封編碼電子郵件。

「……算是按照預定計畫吧。」

雖然只是隨手開啟，不過看完郵件內容時，克拉克眉頭深鎖。

「讓劉麗蕾逃亡到日本，以要求引渡為藉口派艦隊南下嗎……這手法挺強硬的……不過大概也沒要做得多聰明吧。」

下意識脫口而出的呢喃，反而顯露他受到的精神打擊。

大亞聯盟這次出兵在各方面很勉強。基於不確定的情報，憑著半期望的預測決定侵略。他們以「對方不會使用水霧炸彈」當成前提，所以可預期戰線將在這個條件被推翻的瞬間瓦解。

不過，即使加入諸多要素，事態依然按照貝佐布拉佐夫明說的方式進行。和他的預定分毫不差。

（擁有此等智慧與能力，為什麼會失敗……）

貝佐布拉佐夫將大亞聯盟玩弄於股掌之間的智謀，以及輔助智謀的魔法實力，令克拉克不免感到戰慄。但是貝佐布拉佐夫擁有此等實力，卻無法抹殺司波達也。

是運氣不好嗎？

還是說——司波達也的實力更勝於他？

克拉克以單手拇指與食指按住雙眼眼角，輕輕搖了搖頭。

現在沒時間思考多餘的事情。

貝佐布拉佐夫只將情報透露給克拉克。克拉克需要代為向相關各處告知作戰進入下一階段。

（倫敦還是清晨吧……）

需要告知的不只是國內。克拉克判斷與其配合對方時間打電話，不如寄電子郵件告知。如同貝佐布拉佐夫肯定考慮到現在加州是深夜才避免直接通話。

◇◇◇

達也是在下午五點多回到自家之後收到這個通知。

行動終端裝置收到的留言，他輕觸螢幕回應。

緊接著，客廳的電話響了。

達也制止要去接視訊電話的深雪，從沙發起身。

目光掃向控制台的副螢幕，確定編碼裝置以最高強度運作之後，達也按下按鍵開啟通訊。

『達也，抱歉在休息的時候打擾。』

螢幕上的風間露出深感歉意的表情。

「不，因為事情緊急。」

行動終端裝置收到的訊息是套用「有急事通知，能接電話的時候給個回應」這樣的範本。

「所以，發生什麼事？」

『大亞聯盟的劉麗蕾逃亡到我國。』

「……為什麼變成這樣？」

『大亞聯盟今天早上向新蘇聯提議休戰。』

「以大亞聯盟的立場是妥當的判斷吧。」

『對此，新蘇聯回應符合條件就答應休戰。』

「沒要求投降嗎？」

『大概是判斷時機還沒成熟吧。』

大亞聯盟先前以屈辱立場和日本談和，這份不滿造成政情不穩，加上這次實質上已經戰敗，可以預測要為了鎮壓反政府運動與分離獨立運動而消耗國力。國家分裂也不是不可能的事。

要是這時候新蘇聯對大亞聯盟增強力度施壓，或許反而使得大亞聯盟內部更加團結。不如等待大亞聯盟統治體系弱化再南下，才是低風險高獲利的做法。

新蘇聯政府的想法肯定和達也一樣。

『新蘇聯提出的條件之一是引渡戰爭罪犯。』

「看來那個國家想上演報復審判的劇場。」

『戰爭罪犯的名單，好像有劉麗蕾的名字。』

風間無視於達也的消遣，切入要點。

「這就是逃亡的原因嗎？」

『劉麗蕾的協助者是這麼說的。』

「是一起逃亡的官兵？」

『沒錯。聽說是擔任劉麗蕾的護衛部隊。』

「護衛部隊？我覺得很可疑。」

要是戰略級魔法師叛變，戰力平衡會朝著不利的方向大幅傾斜。戰略級魔法師的背叛或逃亡肯定是最高警戒等級。戰略級魔法師身邊的護衛，可以認定同時扮演監視的角色。

『這些人說，這是保存國家公認戰略級魔法師以備將來之需。』

「聽起來只是煞有其事的藉口。」

『國防軍沒忘記他們可能是假裝逃亡的臥底特務。』

「恕在下失禮。」

『不，你的提防並沒有錯。不提逃亡的真假，她們正在也正在收容的基地接受偵訊，並且討論到是否能請特尉協助。』

「拷問就算了，在下不認為能在訊問的時候幫上忙。」

風間在鏡頭另一邊，朝達也投以觀察真意的眼神。

『……並不是想委託你協助訊問。』

看來他知道拷問什麼的是玩笑話，忽略這一段。

『特尉，貴官擁有封鎖對方發動魔法的術式吧？』
「您說的是『闇門監控』嗎？」
『能不能用那個魔法封鎖劉麗蕾的「霹靂塔」？』
「普通的對抗魔法沒辦法對付嗎？只要沒收ＣＡＤ，要阻礙魔法發動應該不是難事。」
『劉麗蕾身上好像沒有ＣＡＤ。』
「……意思是她不使用ＣＡＤ？」
『依照護衛隊長的證詞，劉麗蕾特化為使用「霹靂塔」與電磁場阻絕這兩種魔法。她不需要ＣＡＤ就能使用這兩種魔法，代價是無法使用其他魔法。』
「特化為使用兩種魔法……」
此時達也懷抱的心情，不是對方和他一樣只專精兩種魔法的親近感，而是「這是偶然還是必然？」的疑惑。
不必輔助手段就能運用自如的魔法，最多只限兩種嗎？
『得知無法限制劉麗蕾使用魔法的基地司令，在百般苦惱之後，向擁有戰略級魔法師部下的佐伯閣下求助。』
正確來說，達也不是佐伯的部下。是戰時納入佐伯指揮的民兵。不過風間也知道這一點，達也沒刻意在這時候糾正。

「收容劉麗蕾的基地是哪裡？」

『小松基地。』

「不能移送到這附近嗎？」

『很難。還沒完全確定這個戰略級魔法師不是敵人，我們不能讓她接近首都。』

「這樣啊。不好意思，在下難以協助。」

『……意思是貴官不能離開東京嗎？』

「在下擔心會被潛入國內的寄生物攻擊，不能長時間離開東京。」

『不過，劉麗蕾的潛在威脅也不容忽視。』

「收容劉麗蕾的是小松基地吧？那麼委託一条家協助不就好了？」

『一条閣下能壓制「霹靂塔」嗎？』

「前第一研的研究主題是對人魔法，對人體直接作用的魔法。應該適合用來制服行徑可疑的魔法師。」

『可是，會不會因為「爆裂」出人命？要是毫無證據殺害逃亡者，會招致國內外的抨擊。』

「記得一条家當家的夫人出身於一色家旁系。一色家的絕活是干涉神經電流。這種魔法最適合以不殺為前提制服對手。說到一条家確實會聯想到『爆裂』，但一条夫人或她的女兒或許繼承了一色家的魔法。長子一条將灰說不定也暗藏『神經電流干涉』的能力。」

『那麼直接委託一色家不是比較好嗎？』

「一色家難以勝任必要時的處置。」

這裡說的「必要時」不是預防性地剝奪劉麗蕾的戰力，而是在她認真敵對時非得除掉她的狀況。即使劉麗蕾真的是逃亡者，她也是培育為大亞聯盟兵器的魔法師。很可能為了祖國做出損害日本國益的決定。

風間也在聽到「必要時」這三個字之後理解這一點。

『距離小松基地最近的十師族也是一条家……知道了，就請佐伯閣下建議那邊的基地司令找一条家幫忙吧。』

「抱歉幫不上忙。」

『不，寄生物事件出不了什麼力，這邊才要道歉。本旅接下來這段時間，光是對付新蘇聯就沒有餘力吧。寄生物完全交給貴官處理，本官感到過意不去。』

「在這個情勢也是沒辦法的事。」

『感謝貴官這麼說。找一条家協助的建議也是一大助益。』

「不敢當。」

達也朝著畫面敬禮。

風間也在鏡頭另一邊回禮之後，視訊電話變黑關閉。

◇　◇　◇

夜晚八點多，東富士演習場軍官宿舍的某個房間。

防衛大學特殊戰技研究系四年級，還沒畢業就以少尉階級從軍的千葉修次房間，迎接同系二年級暫掛中士階級的渡邊摩利來訪。

「修，要不要休息一下？」

「也對。摩利，謝謝妳。」

雖然是單人房，不過塞入單人床、小型櫃子與聊勝於無的書桌就沒有空間，是一間狹長的小房間。當然不可能附廚房，擺在桌上的冰咖啡是從自動販賣機區準備的。只用自動販賣機的飲料慰問男友，摩利也是千百個不願意，但在出動期間不能奢求。

只不過站在男生的立場，即使來自於自動販賣機，只要是可愛女友端來的飲料，喝起來就不一樣吧。喝一口冰咖啡放回桌面的千葉修次表情看起來很滿足。

摩利拿著沒喝完的寶特瓶飲料坐在床上。老實說，坐在修次每晚使用的床會不好意思，但是沒其他地方可坐也沒辦法。

「修，看來你奮鬥得很辛苦……」

「因為我原本就不擅長文書工作啊。」

摩利擔心問完，修次苦笑回答。

「摩利，願意幫我嗎？」

「修，你也知道我不擅長這種東西吧？」

「哈哈哈，說得也是。」

摩利撇過頭，修次沒討她歡心，而是面向小小的鍵盤再度工作。

「沒什麼東西要寫，反而花時間耶。」

大概是感覺到背後的視線，修次就這麼看著筆電螢幕，向身後的摩利說話。

他正在艱苦奮戰的工作是寫日報。如果每天都寫應該抓得到訣竅，但這次的出動是輪班制。出動至今才第三天，當然是第一次輪到修次寫，而且即使想參考其他人寫的日報也只有兩天分。

即使如此，只要有戰鬥、演習或陣地構築之類的活動實績，就可以填滿報表。不過如修次所說，今天完全是待命狀態。這次搜索的方針原本就是交給各地師團或公安協助，在獲得線索之前待命行事。就算這麼說，能記錄的事件也太少了。

「國防軍的情報資源，果然都花在新蘇聯的動向嗎？」

摩利問完，修次旋轉椅子轉過身來。

「雖說才第三天，但是既然完全沒取得情報，我也認為應該是這麼回事。」

「這麼說或許不應該，不過暫時告一段落先回東京比較好吧？九島光宣的最終目的，記得是叫做櫻井水波的少女？」

此時修次不知為何露出強忍失笑的表情。

「……有什麼好笑的？」

「沒事，抱歉。櫻井水波那個女生只和妳差三歲吧？這樣就說她是『少女』有點……」

「因為沒其他合適的說法啦！」

「啊啊，說得也是。嗯。九島光宣的目的確實是抓走那個少女。」

摩利緊閉嘴唇無法接受，可惜她非常不擅長鬧彆扭，哭泣或耍任性這種心理戰。

「我也認為妳的想法正確。不過除了原本的目的，小隊或許基於別的理由必須留在這裡。」

除了原本的目的——逮捕九島光宣，基於別的理由留在這裡。

「新蘇聯的侵略嗎……？」

摩利表情立刻變得嚴肅，並不是因為不擅長這種事。是因為修次暗示這個非得嚴肅面對的未來。

「大概是對付登陸部隊的偷襲要員吧。」

修次換個說法支持摩利的推測。

七月六日，星期六。結束最後一天考試返家的一条將輝，被父親剛毅叫去。

將輝抱著還沒吃午餐的空腹前往父親書房。國二的大妹茜也在裡面。

剛毅和茜面對面坐在沙發組。父親指示「先坐下」，將輝和茜間隔一個人的空間，坐在同一張三人座沙發。

「快吃午飯了，我盡快說完吧。」

聽到剛毅這麼說，茜微微蹙眉。雖然將輝不在意，但正值青春年華的茜大概不喜歡父親這種粗魯的言行。

大概是習以為常，剛毅無視於女兒的反應。

「大亞聯盟的國家公認戰略級魔法師——劉麗蕾逃亡來日本了。」

「『十三使徒』的劉麗蕾？」

將輝不禁問這個無須確認的問題。

「沒錯。」

剛毅沒多加責備。因為他自己聽到這個消息的時候也懷疑聽錯。

「現在收容在小松基地。」

「國防軍要求我們協助嗎……？」

「看來我可以省去說明了。不過對方指定的助手不是你，是茜。」

「是我？」

一臉事不關己聆聽父親與哥哥對話（左耳進右耳出？）的茜，突然被叫到名字跳了起來。

「正確來說，他們要求的是能使用『神經干擾』的一条魔法師。」

「神經干擾」，正式名稱為「神經電流干擾」，英文名「Nerve Impulse Jamming」。干涉敵方神經脈衝藉以擾亂五感，麻痺隨意肌的魔法。二十八家之一——一色家的王牌。

將輝他們的母親一条美登里是一色家的成員卻是旁系出身，所以無法使用「神經干擾」。不知道是何種遺傳的惡作劇，一色家直系也不是人人能使用的這個魔法，茜卻擁有足夠的天分。

「為……為什麼？」

就算這麼說，但茜不記得曾經在何時大顯身手吸引國防軍注意。這聲大喊發自她的內心。

「劉麗蕾的逃亡有疑點。」

「意思是可能假裝逃亡？」

「沒錯？」

剛毅點頭回應將輝的問題。

「劉麗蕾的『霹靂塔』會對電子機器造成毀滅性的損傷。要是用來暗中破壞基地設施，防空網恐怕會癱瘓。」

「用在基地的電子機器都有進行電磁波對策吧？」

兒子提出理所當然的疑問，剛毅對他沉重搖了搖頭。

「再怎麼樣的對策，只要遭受超過耐久度的負荷都會被攻破。我們不知道『霹靂塔』的極限威力，也沒辦法測試。」

「所以需要『神經干擾』？一旦發現可疑舉動就麻痺她？」

這次剛毅點頭回應將輝的推測。

「不能只因為可疑就進行致死性的攻擊。要是沒有確切證據就殺害收容的逃亡者，日本的國際立場會惡化。但是等到確認魔法發動就太遲了。劉麗蕾好像不需要ＣＡＤ。如果我們反應太慢就會被『霹靂塔』修理。」

「……為何不是需要『爆裂』而是『神經干擾』，我現在明白了。不過這樣的話，委託一色家不就好了？」

「『神經干擾』原本是一色家的魔法。即使不是將輝，只要知道前第一研的內情，肯定會抱持相同疑問。

「沒……沒錯！基本上，我還是國中生耶？」

而且茜說的也很有道理。能夠使用符合狀況的魔法，不等於能夠應對狀況。

長女的抗議使得剛毅頓時畏縮。他實際上也不想將國防軍的委託塞給十四歲的女兒吧。但他立刻從父親的表情切換成十師族當家的表情。

「一色家的能力不夠。」

「這傢伙確實擁有『神經干擾』的天分，可是……」

聽到將輝稱呼「這傢伙」，茜不悅鼓起臉頰。但她知道哥哥站在她這邊，所以沒說出不滿。

「就算這樣，一色本家的實力還是比她好吧？」

「不是這個意思。」

搖頭的剛毅語氣凝重，不只是將輝，茜也屏息等待父親說下去。

「如果劉麗蕾不是企圖祕密破壞，而是採取強硬手段。一色家無法鎮壓。他們家的魔法射程太短。」

對於剛毅這番話，將輝與茜都不得不接受。一色家以「神經干擾」為首的生體電流干涉魔法若要確實產生作用，必須接近對方到數公尺以內。

若是對方佯裝友好企圖暗算，可以就近安排術士剝奪行為能力。但是如果對方不惜殺個你死我活，應該會先除掉貼身的監視者再採取行動吧。在這種狀況，只能在極近距離生效的生體電流干涉恐怕派不上用場。

「所以將輝，我也叫你過來。」

「……要我也和茜一起去？」

「沒錯。如果發生什麼萬一，由你來保護茜，並且殺掉劉麗蕾。」

將輝沒立刻回應剛毅，而是看向茜。

以視野一角確認視線的茜，也轉頭和將輝相視。

「茜，雖然老爸那麼說，但妳可以拒絕喔。」

茜睜大雙眼，撇過頭去。

「……沒關係，我去。」

茜就這麼不看將輝也不看剛毅，以明確的語氣如此回應。

「也不必哥哥保護。只不過如果發生狀況，就由哥哥親手解決吧。」

妹妹展現的覺悟使得將輝語塞。先不論天分，他一直以為茜在心理層面是平凡的少女。所以將輝從來沒想過她會這麼回答。

「茜那麼說了，將輝，你怎麼樣？」

「當然接受。」

將輝立刻回答剛毅的問題。

將輝臉上寫著：「怎麼可以只扔給妹妹，這樣太遜了吧！」

「知道了。我會把你們的承諾轉達給國防軍。」

剛毅滿意點頭。

「話說我忽然想到，與其由我們去小松基地，讓劉麗蕾暫住在我們家不是比較好嗎？」

尷尬移開目光的將輝，像是掩飾害羞般，以冷淡語氣說出臨時冒出的這個點子。

將輝的提案令剛毅藏不注意外感。「為什麼這麼想？」他反問。

「因為……離開基地的話，設施被攻擊的風險應該會下降，也可以和一起逃亡過來的軍人隔離吧？」

「原來如此。劉麗蕾和茜一樣是十四歲。把她和全盤作主的成年人分開，或許可以讓她打消念頭，停止進行近乎自爆的破壞計畫……」

剛毅這段低語聽起來與其說是講給將輝聽，更像是講給自己聽。

「這個想法，我也轉達給國防軍吧。」

剛毅掛著愉快的笑容對將輝這麼說。

七月六日下午四點。

一輛軍用卡車抵達座間基地。是隸屬於近畿師團的運輸車。

卡車順利通過閘門檢查，進入基地內部。

「好簡單就抵達了耶。」

雷蒙德跳下車斗，以掃興的語氣對後續下車的光宣說。

「卡車、駕駛跟其他乘員都是真的，所以沒有讓人起疑的理由喔。」

他們使用的是九島家暗中提供給國防軍的車輛。嚴格來說是為求方便行事的不當授受，不過這種程度的特別待遇很常見，不限於九島家或十師族。派出卡車的部隊長，對於互惠對象的這個小小委託甚至不懷疑有何意圖。

不只是雷蒙德與雷谷魯斯，光宣也以扮裝行列假扮成白人青年，還穿上USNA的制服。國防軍車輛載著USNA的士兵本來是不自然的事，但是閘門的檢查哨沒有詳細確認到車斗。

「感覺並不是偷懶，給人的印象比較像是沒有餘力做得更多。」

雷谷魯斯不只對剛才的閘門抱持這種印象。他們搭乘的卡車行經戰後重建的東名高速公路，但即使好幾次被攔下，同樣也沒被檢查車斗。為了抓光宣而出動的國防陸軍第一師團游擊步兵小隊所在的東富士演習場，卡車也有從附近經過，但他們在該處甚至沒被要求停車。

「注意力與人員都往北了吧。」

對於雷谷魯斯的意見，光宣回以保守的推測。

「也就是正如光宣的預測。」

雷蒙德說完，光宣沒有特別引以為傲，而是微微一笑回應。

座間基地指定為「日美共同利用基地」。二十年世界連續戰爭那時候，美軍所有部隊撤回本國，美軍駐日基地消滅。相對的，兩國基於日美同盟，相互設定可以當成本國基地利用的基地。座間就是其中之一。

所以USNA的軍人走在基地裡也不會被盤問。只要身穿軍服甚至不必更換識別證。光宣他們三人光明正大進入收容艾克圖魯斯的運輸機。

運輸機因為達也離開時在地板開洞，加上艾克圖魯斯的戰斧也在壁面開洞，所以無法飛行。替代的飛機預定在兩天內抵達。運輸機裡只有輪值的士兵，其他乘員都住在美軍用的宿舍。

基於日美雙方的共識，達也的襲擊被當成沒發生過。機體破損始終是降落時的事故使然。日軍沒有容許特務入侵基地進行破壞，美軍也沒人因為恐怖分子而受害。艾克圖魯斯與三具寄生物被當成沒有搭乘這架運輸機。

這種像是湮滅事實的做法，一般來說應該不管用。但因為大亞聯軍侵略新蘇聯領土，使得軍方注意力朝向北方。包括現場部隊與高層，幾乎沒人想趁這時期主動在日本與ＵＳＮＡ間惹事。

達也插入咒具短劍，再由幹比古使用法術封印的艾克圖魯斯「遺體」，預定以替代的飛機運回ＵＳＮＡ。現在是以棺材大小附冷凍功能的貨櫃保存。這個貨櫃是座間基地依照運輸機的要求所準備，但基地成員沒有詢問用途。

「中尉閣下，在這裡。」

輪值士兵認識雷谷魯斯。他對陌生的同行者（雷蒙德與光宣）視若無睹，帶三人去看艾克圖魯斯的「遺體」。

「上兵，可以暫時迴避嗎？」

「遵命，長官。」

聽到雷谷魯斯這麼說，值班士兵甚至沒表示任何疑惑，就從倉庫回到機艙。

雷谷魯斯打開貨櫃蓋。

艾克圖魯斯以被埋葬的姿勢躺在裡面。封印咒具的短見已經拔掉，但封印完全沒減弱。

雷谷魯斯以不忍卒睹的眼神，默不作聲俯視艾克圖魯斯。

「這是相當堅固的封術。」

在雷谷魯斯身旁俯視貨櫃的光宣，以不像自言自語的清晰語氣說。

「你看得出來？」

雷谷魯斯睜大雙眼詢問光宣。

「嗯，大致可以。」

「看起來能解除嗎？」

聽完光宣的回應，這次是雷蒙德發問。

「得試過才知道……如我剛才所說，這是相當堅固的封印。直接將身體當成封印咒具使用。如果是破壞軀體只取出寄生物主體應該做得到，但是這樣就沒意義了吧？」

光宣最後那句話是在問雷谷魯斯。

「……可以從不讓隊長死掉的方向嘗試嗎？」

對於封印的解除，雷谷魯斯想要的不是保住寄生物，而是保住艾克圖魯斯。

感覺如果在這時候回答「做不到」，他會拒絕參加抓走水波時的聲東擊西作戰。

「……我知道了。」

光宣稍微苦惱之後，向雷谷魯斯點頭。

◇　◇　◇

期末考最後一日的今天，達也從早上就待在第一高中。

迎擊新蘇聯用的戰略級魔法研發，暫時交棒給別人。扔著莉娜不管有點令人擔心，但她也不是三歲小孩，即使自己沒有每天過去看看，她肯定也不會做傻事。達也如此告訴自己。

考試時間窩在圖書館，考試結束之後由幹比古陪同練習「封玉」。久違和處理學生會工作到很晚的深雪一起放學時，時間已經是六點多。

不過，兩人並非直接回家。達也與深雪搭乘四人座的廂型電車前往町田。共乘的是三矢詩奈與矢車侍郎。目的地侍十師族三矢家的宅邸。

為了打聽USNA軍在中途島與西北夏威夷群島海域的動向，達也委託詩奈安排和三矢家當家或長子面會以取得相關情報。詩奈回覆「期末考結束當天的夜晚是否方便」，所以達也就像這樣請放學的詩奈帶路。

雖然說是帶路，但如果只是宅邸所在地的話，達也以前就知道了。只是雖說已經約好，但達也和當家三矢元沒有直接交談的經驗，交情不到面識的程度。由詩奈帶領肯定比較能避免無謂的摩擦。

達也要求面會的是當家三矢元或長子三矢元治。

不過等待達也的是三矢元與元治兩人。

四人寒暄完畢的時候，帶領達也與深雪進入會客室就暫時離開的詩奈端了冷飲過來。

「詩奈，辛苦了。這裡不用妳幫忙了。」

看來詩奈原本想就這麼留在室內，但是父親元要她離開，所以她顯露不滿走出房間。

元治以手上的遙控器鎖上會客室的門。

元重新面向達也。

「可以稱呼你『達也先生』嗎？」

「請這麼稱呼吧。在下方便稱呼兩位為『三矢閣下』與『元治先生』嗎？」

「就這樣吧。」

元點頭回應達也的反問，接著立刻進入正題。

「聽詩奈說，達也先生想要關於美軍動向的情報。」

「是的。具體來說，關於中途島與西北夏威夷群島海域的軍事設施與部隊配置，如果您知道什麼情報的話懇請賜教。」

元與元治兩人露出意外表情。達也說出的區域和三矢家父子預測的不一樣。

「……我可以解釋成這是為了應對當前情勢嗎？」

「在下這麼問的原因，和新蘇聯與大亞聯盟的紛爭沒有直接關係。」

「……那麼，為什麼？」

元以試探的眼神詢問達也。

「是為了判斷能否讓中途島監獄監禁的魔法師脫逃。」

達也回答時沒說謊。

「從中途島軍事監獄帶走囚犯？四葉閣下也知道這件事嗎？」

「已經獲得當家真夜的許可。」

這也不是謊言。莉娜找達也商量的當天，達也就向真夜報告莉娜委託的內容。真夜的回應是「不要勉強」。也就是「可以的話付諸實行，希望渺茫的話就別管」的方針。

「……方便問原因嗎？」

問達也這個問題的是元治。

「這是敝家收容的逃亡者提出的委託。」

「逃亡者？這麼說來，美國要求我國政府引渡安吉・希利鄔斯少校……原來是收容在四葉家嗎？」

「委託人不是希利鄔斯。」

達也斷然否定元治的推測。

達也不認為自己在說謊。他藏匿的是名為「安潔莉娜・庫都・希爾茲」的少女。莉娜確實擁有「安吉・希利鄔斯」這個名字，但這始終是假名，是面具。達也認為自己沒義務配合美軍與美國政府的詐術。

即使有百分百準確的人類測謊機，也看不出達也的話語有任何虛假吧。元治也沒懷疑達也說的這番否定。

「……無論委託人是誰，對中途島監獄出手都稱不上是聰明的做法。」

元的語氣有點傻眼。

「你知道現在的中途島是什麼樣的地方嗎？」

達也也知道元委婉勸他「最好別這麼做」。不過達也刻意無視於元的意見。

「監獄內部無從得知，但如果是周邊的狀況就大概知道。」

不只達也，深雪也注視元等待後續的話語。

元原本希望深雪制止達也，卻得知期待落空而嘆了口氣。

「我把我們知道的告訴你吧。不過請別期待我們會在實行計畫的時候支援。」

「在下明白。」

元的這段叮嚀，就達也來看無須多說。無論是他、真夜還是四葉家的任何人，都不會要求三矢家或其他的十師族、師補十八家派出援軍。

只不過，達也沒有多嘴直接講出內心的想法。他不會做這種沒有分際的事。

「……中途島只配置警備用的陸上兵力，沒配置運輸船以外的海上兵力。」

說不定元也早就知道四葉家是這種作風。他沒有再三叮嚀，而是停頓片刻就開始說明達也想要的情報。

「那座島也沒有航空兵力。恐怕是提防被囚犯搶走吧。」

「其他島嶼有海上或航空基地嗎？」

「與其說島嶼，應該說人工島吧。珍珠與赫密士環礁建造了半浮台式的巨大人工島。駐留在那裡的戰力，雖然是大約半年前的資料……」

珍珠與赫密士環礁是位於中途島東南東約兩百五十公里處的環礁，屬於西北夏威夷群島。大規模環礁內側零星分布小小的砂島，不過USNA軍基地所在的人工島不是建造在珊瑚礁內側，而是外側。

所屬艦艇為空母一艘，防空護衛艦兩艘、驅逐艦兩艘、潛水艦一艘。人工島本身沒有跑道，但空母的艦載機超過七十架。

元所提供的情報，簡單來說就是這樣的內容。

「除非使用戰略級魔法，否則這是單人無從對抗的戰力。」

達也是戰略級魔法師這件事還沒公開。不過從元暗藏玄機的語氣與視線猜測，他好像知道這件事。

沒什麼好驚訝的。依照達也聽莉娜所說，「質量爆散」在STARS高層已經廣為人知。在新蘇聯那邊，知道這個情報的也不只貝佐布拉佐夫一人吧。貝佐布拉佐夫從艾德華・克拉克那裡聽到

「質量爆散」的情報時，英國的馬克羅德也在場。

即使在日本國內，達也是戰略級魔法師的事實肯定也正在各地口耳相傳。三矢家在國內外設置廣泛的情報網，反而很難想像三矢家的當家一直狀況外。

「中途島的陸上部隊規模多大？」

珍珠與赫密士環礁基地所屬的艦隊確實強大，卻是為了軍隊交戰所準備的戰力。達也不打算正面槓上ＵＳＮＡ。對他來說，中途島的駐留部隊才是阻礙。

「始終想實行計畫嗎……」

元嘆氣低語。但其中沒有驚訝或意外感。他也不認為四葉家的魔法師只因為鄰近島嶼有強大兵力待命就會畏縮。

元看向兒子。

元治還沒收到暗號，就已經以手邊的筆記型終端裝置調出資料。

「除了監獄內部的人員，兵員人數推測是兩百到兩百五十人。其中一個小隊是魔法師部隊，但不是STARS。」

「武裝等級是？」

「確認監獄樓頂有兩門電磁彈射砲，其他都是對人兵器。」

元治流利回答達也的問題。三矢家保有的情報相當詳細。

這次造訪三矢家，達也得到滿意的成果。

反觀三矢家，元與元治都沒要求任何代價。

◇◇◇

深雪直到回家之後，才拿中途島的事情詢問達也。即使廂型電車再怎麼保障個人隱私，這件事也不方便在外面講。

「哥哥……您真的要去嗎？」

協助卡諾普斯逃獄的作戰，達也在向真夜報告之前就告訴深雪。她從那時候就處於消極反對的立場，得知該處兵力超乎她的想像之後更加擔心。

「嗯。雖然沒決定時期，但是會在最近試試看。」

害深雪擔心，達也也過意不去。但他不能對這個案件視若無睹。

「……因為是莉娜的請求嗎？」

深雪以更凝重的表情再度詢問。她自己也不敢說其中毫無嫉妒的成分吧。但這也不是單純的嫉妒。深雪的話語帶著更愁苦的音調。

「這只不過是契機。」

可惜達也不知道深雪對莉娜抱持什麼想法。連「應該不單純吧」這種程度的推測都做不到。達也能做的只有不欺騙、不隱瞞，誠實說明一切。

「卡諾普斯是不容小覷的對手。說不定比貝佐布拉佐夫或希利鄔斯還難對付。」

不是「莉娜」，是「希利鄔斯」。如果不考慮性格上的脆弱面，只看魔法力的話，莉娜確實匹敵達也或深雪。或許比這樣的莉娜，也就是比「希利鄔斯」還棘手。這是達也對卡諾普斯的印象。

「卡諾普斯化為寄生物變成敵人。這是必須盡量避免的未來。為了根絕這個可能性，要讓卡諾普斯逃獄。」

「可是……」

中途島與西北夏威夷群島是ＵＳＮＡ的領土。如果是長程轟炸就算了，潛入監獄帶走囚犯太過危險。深雪第一次聽到這個計畫的時候也向達也這麼說，希望他改變主意。

「我不會勉強自己。要是感覺很難逃獄，就會連同監獄炸死。」

這段話也不是第一次說。也不是暫時安撫深雪的說法。

使用質量爆散炸毀中途島監獄的點子，達也沒有捨棄。因為對他來說應該優先的不是討莉娜歡心，是去除他們認定的威脅。

「而且完全還沒決定任何具體計畫。現在的情勢隨時都在變化，說不定會變得必須從基本方針修正。」

「好的……」

達也說的是泛論，深雪也不是打從心底接受。

在這個時間點，兩人都沒預見泛論成真的未來。

時間稍微往前推。

三矢家當家與下任當家，送達也與深雪離開之後，就這麼開始討論。

「爸，四葉家襲擊中途島監獄的計畫，是不是向國防軍報告比較好？」

一開始，元治就以凝重表情進言。

「我覺得應該也要考慮將情報洩漏給美軍……」

「不，這樣會違反信義。不能將十師族同志出賣給軍方或美國。」

元駁回兒子的提議。但是並非「毫不猶豫」。元含糊的語氣顯示他內心也舉棋不定。

「不過今天的事情要是保密，以最壞的狀況，三矢家會被當成四葉家的共犯。」

「……我沒要求代價，就是要避免別人這麼想。」

「我不認為光是這樣就能讓大家接受。」

元沉默了。如元治所說，提供情報之後不要求代價，以這種程度當成辯解的根據太薄弱了。元也早就知道這一點。

「……不能洩漏給美國。這樣無法得到師族會議的諒解。」

元沉默許久之後，緩緩搖頭如此回答。

「那麼，至少要以警告的形式，將司波先生的計畫告訴國防軍。」

「……也對。」

這次元也不得不同意。

「但要慎選告密的對象。要是被利用在反魔法主義鬥爭，會重蹈七草家與九島家的覆轍。」

這次是元治穩穩點頭回應元這番話。

「首先，我想找和司波達也先生關係密切的一〇一旅佐伯少將談談。」

「也對。如果是佐伯少將，也不會和司波先生誓不兩立。」

「那我立刻安排。」

元治站了起來。

元與元治都沒聽到門外小跑步離開的腳步聲。

（聽到天大的事情了……）

詩奈衝進自己房間，癱坐在地毯上。雙手依然抱著用來收杯子的托盤。

她擁有過於敏銳的聽覺。常人感應不到的細微空氣振動，她都能當成聲音識別，相對的，日常生活的聲音會成為詩奈難以承受的噪音襲擊她。

身體上查不出任何異常，因此推測應該是下意識隨時發動聽覺強化的魔法。睡覺的時候不會為聽覺過敏（不是一般的聽覺過敏症狀，是正如字面的意思）所苦就是佐證。

只是這個魔法無法從外部觀測。魔法完全在自身內部完結，因此沒能擬定具體對策。

目前的對症治療方式，是以內建收音與揚聲裝置的完全隔音耳機，調節對於詩奈來說太大的聲音。安裝在耳罩外部的裝置收音之後，以不會危害詩奈的音量在耳罩內部的揚聲裝置播放。

除了洗澡與睡眠時間，她基本上不會取下耳機。現在她也戴著，剛才為了收杯子而走到會客室前面的時候也戴著。

保護她耳朵的這個耳機，是用來將外部聲音調節為詩奈可承受的音量，不是用來增幅微弱的聲音，相對的，不會減弱或隔絕從一開始就無害的聲音。再怎麼細微的空氣振動，都會在輸入收音裝置之後據實播放。

即使是隔著厚重門板，一般來說肯定聽不到的室內聲音，詩奈的耳朵也能辨別。由於不是刻意強化聽覺，所以詩奈即使沒有竊聽的意圖也聽到了。

（「司波先生」是司波學長吧？學長的事情，要對軍方告狀？）

詩奈聽到的是「不能洩漏給美國」之後的對話。她不知道「司波先生的計畫」是什麼，不過從「反魔法主義鬥爭」、「重蹈七草家與九島家的覆轍」與「誓不兩立」等字句，她隱約嗅到火藥味。

（怎麼辦……）

父親與哥哥正要對達也做出背信行為。詩奈是這麼理解的。

家人與達也。若問要選哪一邊，不用多想就會選擇家人。

但是依照詩奈的價值觀，背叛是惡行，告狀是卑鄙。

雖說是家人，但要縱容家人行惡，感覺不太對。

（這件事應該告訴司波學長嗎……）

可是這麼一來會變成自己在告狀。

詩奈陷入作繭自縛的困境。

七月七日的今天是七夕，是星期日，對於國立魔法大學附設高中各校學生來說，是剛考完期末考的假日。

往年在這個時期，各校學生會以及獲選為代表的選手都忙於準備九校戰，但今年大賽中止。一高學生會今天也休假。對於擔任學生會長的深雪來說，成為久違毫無預定行程的一天。

「哥哥，今天可以也帶我去嗎？」

只有兩人共用早餐的時候，深雪以略為顧慮的語氣向達也這麼說。

「去巳燒島？」

「是的。您今天要去看莉娜的狀況吧？」

達也昨天與大前天沒去巳燒島。前天也只有短暫露臉。雖然不是懷疑莉娜，但畢竟是藏匿別國的戰略級魔法師，置之不理應該不太好。不只達也，深雪也這麼認為。

「預定探視水波之後立刻出發。」

達也點頭回應深雪的詢問，想都沒想隨即接話說明。

「抱歉，應該一開始就預定也帶妳去。我不小心忘記今天是星期日。」

達也講得像是免於在意世間假日的隱士，深雪輕聲一笑。

「那麼？」

「嗯。醫院之後的巳燒島也一起去吧。」

「既然這樣……」

深雪在胸前合起雙手仰望達也。

「可以讓我坐飛行車嗎？」

「沒問題。久違……應該不是。妳就好好享受第一次的海上兜風之旅吧。」

達也說完，深雪純真地露出閃亮眼神微笑。

◇　◇　◇

二〇九七年七月七日上午八點。ＵＳＮＡ的直升機飛抵座間基地。

是目前停靠在橫須賀的空母「獨立號」的艦載機。昨天就預告空母會派直升機過來，目的是移送損毀無法飛行的運輸機乘員。座間的司令部收到通知，半數乘員將由獨立號接收。

以座間基地的立場沒有理由拒絕。除了通知有點緊急，其他部分都遵守既定程序。

基地管制員回應直升機的要求，准許降落。

「光宣，隊長拜託你了。」

雷谷魯斯在運輸機上向光宣低頭。他依照STARS總部的命令，要移動到空母獨立號，參加明天的巳燒島襲擊作戰。另一方面，冷凍保存艾克圖魯斯身體的貨櫃決定藏在運輸機上，以免日本軍起疑。

「我會盡力而為。」

光宣為了解開艾克圖魯斯身上的封印而留在這裡。他想利用巳燒島襲擊行動調虎離山帶走水波，所以無論如何都預定要和雷谷魯斯他們分頭行動。

「再見，光宣。雖然時間不長，但是過得很愉快。」

雷蒙德以聽不出認真還是開玩笑的語氣向光宣道別。以他的立場不必聽命於STARS總部，但他也沒理由留在這裡，所以決定和雷谷魯斯一起前往美軍空母，省得事後費心思考如何逃脫。

「嗯。在這裡暫時道別。如果我幫得上什麼忙請聯絡我。」

「光宣你也是。可惜以我的立場無法保證能自由行動，但我會盡力而為。畢竟我們都是寄生物。」

「嗯，說定了。」

雷蒙德的語調聽起來話中有話，但雷谷魯斯以別無居心的語氣向光宣說完伸出右手。

光宣回握雷谷魯斯的右手。

雷蒙德一臉「真是沒辦法」的表情跟著伸出手，光宣同樣回握。

「祝任務成功。」

最後光宣以這句話送雷谷魯斯與雷蒙德離開。

在運輸機機艙目送載著雷谷魯斯與雷蒙德的直升機起飛之後，光宣前往貨物室。

雖說是運輸機，但是這架飛機沒運送太多貨物。從美國載來的主要是人員。不過以軍機的狀況，運送人員也是「運輸機」的職責。

幾乎沒有新的貨物搬運進來，所以一進入貨物室就看見冷凍保存艾克圖魯斯身體的貨櫃。

（用來封印的術式是以修驗道為基礎，加入陰陽術與西洋古式魔法——以諾魔法混合而成的術式……這是目前確認的部分。）

碰觸讓艾克圖魯斯沉眠的封印，光宣下意識蹙眉。

（如果是以道術為基礎就好解決了……）

如果是道術體系的魔法，光宣從周公瑾那裡繼承豐富的知識。不過關於西洋魔法，即使是周公瑾，擁有的知識也僅止於自己使用的術式。周公瑾不是魔法的研究者而是實踐者，所以就某方

面來說，他的知識當然會偏向特定領域。

（先從確認意識狀態開始吧。）

雖說完全不會對外部刺激起反應，意識也不一定停止活動。或許只是無法驅動身體，無法對心電感應產生反應，艾克圖魯斯的意識正在完全的黑暗中掙扎。

首先，光宣朝艾克圖魯斯的身體照射想子波。是系統外魔法用來對精神產生作用而組織化的想子波。

想子組織而成的情報體，不只對於肉體，也會對精神造成影響。相較於干涉肉體的想子情報體，干涉精神的想子情報體當然需要不同的構造，說起來還必須能將精神體認知為目標對象。是否能認知為情報體，而不是單純的靈子聚合物？由此就能判斷是否擁有精神干涉系魔法的天分。

人類時期的光宣不太擅長這部分。但是化為寄生物之後，他可以明確認知靈子情報體。

即使如此，光宣也捕捉不到艾克圖魯斯被封印的精神。找不到藏在哪裡。

此時，光宣試著以中立性質的魔法——不會刺激特定情感或衝動的精神干涉系魔法，射擊艾克圖魯斯藉由想子情報體和精神連結的肉體。

（很微弱，不過……）

伴隨艾克圖魯斯肉體的想子情報體，確實對光宣的系統外魔法產生反應。精神干涉系魔法正如其名，具備對精神產生作用的性質，所以不會作用在肉體（的情報體）。艾克圖魯斯想子情報體產生的變化，只可能是精神的反應所造成。

（以這樣的開頭來說，這個方法是對的。）

無論是何種形式，只要有所反應，就代表這邊的行動確實傳達。或許可以沿著這些反應查出精神被藏在哪裡，如果是被迫沉睡的狀態，或許也能引導他清醒。

光宣在不觸動基地感應器的範圍慎重操作系統外魔法，持續摸索解放艾克圖魯斯的方法。

◇　◇　◇

上午九點。

男高中生與女國中生的雙人組，造訪國防軍小松基地。

一条將輝與一条茜。十師族一条家的兄妹。

他們的父親，也就是一条家的當家一条剛毅沒同行。但將輝態度落落大方，一副不在意監護人不在場的樣子。雖然他還是高中生，但戰歷已經可以說是身經百戰。如今不會只因為通過基地閘門就提心吊膽。不過妹妹茜的舉止稍顯不安。

他們出示身分證自報姓名，隨即有車輛前來迎接。今天的訪問是軍方邀請，雖說理所當然，不過看來事先說好了。

「……你覺得是怎樣的女生？能溝通嗎？」

禁不住沉默的茜輕聲對將輝說。即使平常總是講話沒好氣，但茜並不是討厭將輝，也沒有瞧不起。雖然從親情來看不算特別，但她除了父母最依賴哥哥。

「劉少尉精通日語喔。」

回答茜這個疑問的是駕駛座的軍人。大概是想讓茜放鬆吧。他還是年輕士兵，也可能只是對女國中生比較放得開。

「日常對話完全沒有突兀感。或許在確定擁有戰略級魔法的天分之前，是將她培育為對日特務員。」

但他說的這番話過於危險，沒能舒緩茜緊張的心情。

「那就得小心避免冒失說錯話了。」

將輝如此回應士兵。

「不過過度提防或許也是反效果。」

士兵頻頻說著煽動將輝與茜提高警覺的話語，帶兩人前往文官用的住宿大樓。

收容劉麗蕾一行人的住宿大樓，設備完善到姑且可以稱為「旅館」。

將輝與茜被帶到一樓大廳和劉麗蕾見面。雖說理所當然，但是大廳內外有許多士兵監視。依照將輝的感應，確認有十人以上的魔法師。

「初次見面，我是劉麗蕾。」

基地成員依序介紹將輝、茜、劉麗蕾與護衛的林隊長之後，劉麗蕾不透過口譯自我介紹。如帶路的士兵所說，她講得一口流利的日語。

「初次見面，我是一条將輝。」

將輝正常進行自我介紹回應劉麗蕾。

「唔哇，好可愛……」

不過茜目瞪口呆，發出不符合場中氣氛的呢喃。

「喂！」

將輝連忙輕聲斥責。

「——我是將輝的妹妹一条茜。請多指教。」

茜驟然回神，連忙回以問候。

彎腰鞠躬之後，臉頰慢半拍逐漸泛紅。

看著這樣的茜，劉麗蕾緊繃到不忍正視的表情似乎暗自放鬆了。

◇◇◇

這天，吉祥寺真紅郎在上午九點二十分醒來。睡眠時間是三小時三十分鐘。

不用說當然睡眠不足，但他一起來就吞下咖啡因錠，馬虎洗臉之後打開電視。他看的是隨選型的軍事情報頻道。得知新蘇聯艦隊還沒行動，吉祥寺安心鬆了口氣。

「好，還來得及。」

他像是說給自己聽般自言自語，握住大型行李箱尺寸CAD的移動用把手。裡面儲存的是他今天拂曉終於完成的新魔法啟動式。

這個CAD和一台中型電腦一體成型。該電腦負責的功能是和雷達、光學感應器、空拍情報連動，將目標範圍追加到啟動式，並且按照目標範圍，將厘秒為單位所建構數千到數萬的魔法式控制碼寫入啟動式。行李箱尺寸的空間大多是提供給包括電源在內的電腦。

幸運的是這台電腦連動型的CAD本身和這次的新魔法無關，獨自在這間研究所完成。多虧這樣，吉祥寺得以專心研發軟體。

軟體（啟動式）完成了。也已經實裝在硬體（CAD）。

但是研發工作沒有就此完成。魔法是由魔法師使用。即使寫出理論上完美的啟動式，要是魔法師無法發動就沒有意義。

「將輝肯定能使用。」

再度自言自語說給自己聽。

吉祥寺確信自己完成的新戰略級魔法，將輝可以運用自如。

不，他自以為確信。

但他不去正視的意識一角，確實存在著「說不定……」的擔憂。

這個想法化為不安，催促著吉祥寺。

「總之要立刻測試。趁著新蘇聯還沒進攻。」

吉祥寺對於「新蘇聯艦隊南下」有著心理創傷。

他居住到國一夏天的佐渡島，被新蘇聯的小規模祕密艦隊破壞，父母雙亡。

新蘇聯還沒承認五年前侵略佐渡，但這種事和吉祥寺內心的創傷無關。

新蘇聯焚燬故鄉，殺害父母。

這對他來說是事實，這個事實在他內心留下尚未痊癒的傷痕。

——這次休想得逞。

吉祥寺知道自己沒有直接擊退新蘇聯的實力。

但好友將輝將使用我研發的魔法修理他們——光是這麼想，吉祥寺的心就因為快感而顫抖。

感覺可以跨越這道心理創傷。

他想要盡快確認。

確認好友會使用這個魔法。

吉祥寺甚至沒確定將輝的行程（沒有餘力注意這麼多），打算突擊一条家。

他看到單身宿舍玄關放置的鏡子，才終於察覺自己還穿著睡衣，滿臉通紅連忙回房。

達也與深雪是在上午十點前抵達巳燒島。

最高速度時速四百公里，平均速度三百公里的海上兜風，讓深雪大為滿足。

飛行車原本是空路交通工具。以飛機來說，時速四百公里反倒可以說是保守數字。

不過切換為海面行駛模式的飛行車，是貼在海面上方飛行。相較於在雲層高度飛行，速度感增加好幾倍。深雪絕對不是速度狂，但是在兩側視野開闊的海面以此等速度疾馳的爽快感，讓她按捺不住興奮情緒。

「莉娜，今天心情好嗎？」

「深雪……我才要說，妳心情很好吧？」

——甚至令莉娜這麼想。

「是嗎？我自己不太清楚。」

說出這樣的回應，應該是因為深雪處於輕微躁動的狀態吧。

「不提這個，莉娜這邊怎麼樣？會覺得哪裡不自在嗎？」

「……謝謝，我沒事。」

深雪給人的感覺和平常稍微不同。莉娜對此感到疑惑，卻決定不追問。

「託你們的福，我不覺得哪裡不方便。管理人員也都很親切。」

「這樣啊，太好了。」

「別站著聊，先進來吧。」

莉娜說形容成「好像分租公寓」的這間住處，有一間雖小但獨立的客廳。她從玄關門口帶達也與深雪到客廳，邀兩人坐下。

「喝冰咖啡可以嗎？」

莉娜進入廚房，詢問客廳的達也他們。

「謝謝。」

「我也是。」

達也與深雪立刻回應。

很快的，莉娜端著放三個玻璃杯的托盤回到客廳。

達也不加牛奶與糖漿。

深雪不加糖漿，加少許牛奶。

莉娜朝糖漿伸手到一半停住，在冰咖啡加入滿滿的牛奶。

三人喝過之後，各自將玻璃杯放回桌面。

「事不宜遲，有一個壞消息。」

達也這句話不是對於飲料的感想。

莉娜正面注視達也，以視線催他說下去。

「新蘇聯的遠東艦隊大概會在明天就沿著日本海南下。我國這次也完成迎擊準備，艦隊隨時可以出擊。」

「日本要正面和新蘇聯硬碰硬？」

莉娜疑惑反問。

「應該不會成為總體戰，但無法避免衝突。」

「新蘇聯的要求是引渡劉麗蕾吧？」

日本沒公布劉麗蕾逃亡入境。

但是新蘇聯向全世界宣布「要求日本引渡戰爭罪犯劉麗蕾」。

「沒錯。既然知道會被處刑，以日本的立場不可能引渡這名逃亡過來的十四歲少女。」

「電視也說，他們一開始就提出無法接受的條件當成開戰藉口。」

莉娜收看的「電視」不是國內頻道。是在有線頻道播放的美國新聞節目。這棟管理人員使用的宿舍大樓也安裝了有線電視。

「我不認為新蘇聯真的想占領日本的領土。其實是另有目的。不過無法斷定是什麼目的。」

「不就是這裡正在建設的設施嗎？因為那個國家好像真的把你當成眼中釘。」

莉娜展現出乎意料的敏銳，深雪微微睜大雙眼。

「……怎麼了？」

深雪的反應，使得莉娜無可奈何般蹙眉。

「沒事，我也這麼認為。」

深雪面不改色辯解。

莉娜像是看到可疑的東西般看著深雪。

「這也是一個可能性。」

不過達也接著這麼說，所以莉娜將注意力移回他的話語。

「在這種狀況，也充分考慮到莉娜的生命安全。」

「我也可以戰鬥喔。」

「到時候就靠妳了……不過，即使真正的目標是這裡以外的場所，也有一個對莉娜來說無法忽視的問題。」

達也刻意將對象限定在「莉娜」一人。

「對我來說？」

莉娜當然會這麼反問。

「即使這次擊退遠東艦隊，日本和新蘇聯的情勢也會持續緊張。日本將沒有餘力和USNA起爭端。」

避免雙正面作戰。即使不是砲火相交的戰爭，這也是絕對該遵守的原則。自願挑戰雙正面作戰的只有豪氣的賭徒，或是無法分辨預測與願望的單純樂天派。

「只要和新蘇聯持續處於緊張狀態，日本當局肯定會妨礙我們襲擊中途島監獄。不只是國防軍的艦船，民間的船隻也很難調度吧。飛機當然也不例外。」

「……應該吧。」

莉娜沒責備達也。

她明白這時候批判達也只是亂發脾氣。

「關於拯救卡諾普斯少校，我一定會想好辦法。給我一點時間。」

「……這原本就不是迫在眉睫的事，我也知道需要時間準備。交給你處理吧。」

「願意理解就好。」

達也安撫消沉低頭的莉娜。兩人表面上的話語都不帶情感，但是在旁人眼中，他們明顯在關懷彼此。至少深雪是這麼感覺的。

依照深雪的主觀，隔著桌子面對面的達也與莉娜，看起來就是這麼回事。

她內心深處點燃微小但確實的一盞妒火。

一条家兄妹和大亞聯盟逃亡者的會面，應該以和樂的對話進行。

不過實際上呈現的是以猙獰表情闡述彼此主張的過程。

「我的意思是考慮到劉少尉的年齡才十四歲，要從軍事設施改由民間收容！絕對沒有洗腦的意圖！」

「正因為才十四歲，所以我們同胞非得陪在她身邊！只將少尉移送到民間設施，我只覺得這是企圖隔離我們！」

「不是民間設施！我說我們一条家會負起責任照顧她！」

「恕我失禮，十師族宅邸應該不是單純的市民住宅，是率領民間魔法師軍團的軍閥官邸。」

「說軍閥太失禮了！十師族不曾想要領地！我們是魔法師互助組織，所以才說也想要照顧劉少尉。」

「免了！只要像這樣由日軍收容就夠了！」

將輝與林隊長爆發口角。將輝被林隊長說中真心話，依然從剛才就毫不退讓。

「恕我失禮，劉少尉是孩子。孩子必須也知道軍隊以外的世界！」

支撐將輝的是這份青澀的正義感。或許該說是理想論。

這些話與不是出自經驗。將輝自己也沒有實感。

十師族標榜的魔法師自治，將輝解釋成以自己的意志使用魔法。

不被強迫成為兵器。

由自己決定何時戰鬥。由自己決定要不要成為士兵。

雖然不否認魔法師是兵器，但是自己必須擁有選擇。這是將輝的理念，一如年輕人會有的個性想貫徹這份正義。

「林隊長，我接受一条家的照顧也沒關係。」

打斷將輝與林隊長口角的人，是成為爭端的劉麗蕾本人。

「劉校尉，妳說這什麼話？」

可以照將輝說的去做。對於劉麗蕾這番話，林隊長不只是驚訝，也露出焦急的樣子。劉麗蕾的話語是日文，但林隊長的反駁是中文。

「我們是尋求保護的立場，但校尉不需要讓步到這種程度！」

林隊長急著促使劉麗蕾改變心意。

姑且同席的口譯，將她的話語翻成日文。

「哥哥，不必這麼急著下結論也沒關係吧？我不介意在這裡住一晚喔。」

茜大概是受不了這股劍拔弩張的氣氛，建議將輝暫時擱置這個問題。

見證的基地軍人或許也認為需要冷靜，悉數支持茜的提案。

◇　◇　◇

劉麗蕾與林護衛隊長回到她們分配到的私人房間。同席的基地官兵也回到各自的崗位。

「哥哥，你講得太急了。」

「……是嗎？」

「是啊。激怒對方又能怎樣？」

「……但我覺得沒生氣啊？」

「以對方的立場，不可能老實露出『我正在生氣』的表情吧？不過那樣絕對在生氣喔。」

只剩下兩人的大廳裡，茜依然繼續向將輝說教。

「可是劉少尉好像接受了啊？」

「怎麼可能啦！她覺得自己當人質可以打圓場才那麼說的。哥哥明明其實也知道。」

「……抱歉。」

「基本上，哥哥一點都不懂怎麼對待女生。自己都一直強調小蕾才十四歲了，態度就不該那麼強勢吧？」

「等一下。妳說的『小蕾』難道是劉麗蕾少尉？」

「嗯?是啊。名字是麗蕾，所以叫『小蕾』。她那麼可愛，叫她『劉少尉』很可憐的。」

「不對，這不是可不可憐的問題。她好歹是『十三使徒』之一。突然用日式暱稱叫她不太妙吧？」

「咦～～是嗎～～？」

在對話開始朝奇妙方向失焦的時候，基地士兵說聲「打擾了」進入大廳。

「有一条家……一条將輝先生的訪客。」

這名二兵說到一半，想到這裡的兩人都是「一条家」所以改口。

「來這裡？」

將輝不是反問「來找我？」而是「來這裡？」，就某種程度來說在所難免。居然追到外出的地點，而且地點是國防軍的基地，只可能是非常重要的事情。

「失禮了。方便請您帶路嗎？」

但將輝立刻察覺這個問題是白問，起身委託士兵帶路。

「請往這裡。」

士兵轉身踏出腳步。

將輝跟在他身後，茜理所當然般跟著將輝。

「……妳可以不必過來。」

「要留我一個人？」

將輝沒回答茜的問題。

同時也沒要求她別繼續跟過來。

將輝以為「訪客」是到住宿大樓找他，但是告知訪客前來的士兵，開車帶他與茜前往看起來是研究所的建築物。他們一抵達就接受說明，得知這裡是保養軍方魔法師裝備的設施。

進入建築物，兩人被帶到二樓的某個房間。

「將輝！」

才踏入室內一步，就有個熟悉的聲音呼叫將輝的名字。

「喬治？你怎麼來這裡？」

聲音聽起來熟悉也是當然的。等待將輝的是他公認的好友——吉祥寺真紅郎。

話說回來，他為什麼專程追到小松基地？將輝首先冒出這個疑問。

「真紅郎哥，您好。來到這種地方找哥哥，是有什麼要緊的事情嗎？」

不過茜在將輝身後以略為不滿的語氣向吉祥寺說話，搶走將輝想問的問題。說到茜不滿的原因，在於吉祥寺眼裡只有哥哥，一副沒發現她的樣子。

「啊……原來小茜也在啊。」

考慮到茜的心理狀態，吉祥寺這個反應相當不妙。

「對不起，我沒時間詳細說明。現在分秒必爭。」

不過吉祥寺的態度反常地嚴肅又強勢，茜沒有幼稚向他鬧彆扭。茜也知道現在的吉祥寺和之前來家裡玩的時候不一樣。

說到看得出差別，將輝比茜感受得還要敏銳。將輝記得以前看過這種狀態的吉祥寺。

（記得是發表加重系魔法始源碼的前一天。）

在魔法學的領域，確定始源碼是十年……不，二十年一次的大發現。這個發現在某部分來說證明「始源碼假說」為真，具備重大的意義。

現在的吉祥寺，纏繞著和當時相同的氣息。

「……喬治，找我有什麼事？我應該要怎麼做才對？」

聽到將輝這麼問，吉祥寺大概是按捺不住激動情緒，穩穩抓住他的雙肩。

吉祥寺的臉在視野裡變成特寫，使得將輝把頭往後仰。

「真紅郎哥，不要失心瘋啊！」

茜的哀號也不算是完全誤會。即使移除情慾濾鏡，這幅構圖看起來也不免像是吉祥寺向將輝索吻。

不過很可惜，茜的聲音沒傳達給吉祥寺。他生理上肯定有聽到，精神卻沒反應。

「希望你試試看這個新的戰略級魔法！將輝，這是為你而生的魔法！」

吉祥寺的叫喊剛滲入意識，將輝就緊緊抓住吉祥寺的雙肩回應。

「新的戰略級魔法？喬治，你……創造了戰略級魔法？」

「啊，不，並不是我從零開始創造……」

將輝的問題使得吉祥寺完成新魔法的激動心情一下子冷卻。新戰略級魔法的基本設計是達也提供的，吉祥寺沒有忘記這一點。他只是滿心想要盡快測試，確認新魔法是否能打垮新蘇聯軍。

「不是喬治為了我而創造的嗎？」

吉祥寺結巴時，將輝以疑惑的語氣再度詢問。

「不，是我完成的！」

將輝「為了我」這三個字刺痛吉祥寺的心。他不禁主張這是自己的功績。這不是謊言，所以一開始就這麼說應該也無妨，或許是對抗達也的心態成為阻礙吧。

「這樣啊！」

不過將輝不知道詳細的隱情，只認為吉祥寺大概在猶豫是否要獨占自己和研究所同事共同研發的成果。

「立刻讓我試試吧！你就是為此而來吧？」

如今將輝比吉祥寺還積極。

「嗯，拜託了。」

吉祥寺當然沒拒絕。

有一種試驗叫做「次臨界核試驗」。試驗內容是進行核分裂爆炸的程序（大多是核材料的聚爆），在即將到達臨界點的時候停止，取得模擬試爆所需的資料。將輝與吉祥寺為了測試戰略級魔法要進行的實驗，性質上類似這種次臨界核試驗。

戰略級魔法正如其名，威力匹敵戰略級武器。在民眾的居住地區，簡單來說就是在鄉鎮市附近難以進行試驗。

他們採用的是在新魔法即將發動時取消的試驗方法。即使魔法在最後一刻中止，依照魔法師

本人的手感以及精密的觀測，能以百分之八十至九十的準確度檢查魔法是否按照設計運作。使用這個方法就不會危害到民眾，新魔法的相關情報也不會經由軍事衛星等媒介洩漏給他國。

百分之十至二十的誤差，光看數字會覺得太大，不過愈是大規模的魔法，還沒練熟之前的成功率總是偏低。即使在試驗時實際成功完整發動的魔法，也存在著真正投入實戰時沒發動的不確定性。先不提一般的魔法，戰略級魔法的試驗可說不需要堅持實際走完最終程序。

將輝、吉祥寺與茜為了進行試驗，從國防空軍小松基地移動到國防海軍金澤基地。這是在上一場大戰拆除沿海高爾夫球場建設而成，比較新的海軍基地。

規模雖小但從一開始就考慮到魔法戰術而建造的這座基地，前第一研也參與設計。可說是最適合進行海戰魔法試驗的場所。

「將輝，我想你應該知道，但是事象干涉力的控制別出錯。」

「我當然知道。」

魔法是將魔法式投射在目標情報體，注入事象干涉力之後發動。一般來說，投射魔法式與注入發動所需事象干涉力是同時進行，但在這種「次發動試驗」會將事象干涉力抑制在不讓魔法顯現的程度。

沒有機械性的控制裝置，所以這部分端看個人技能。因此，強力魔法的試驗伴隨相應的高風險。

「……茜，至少進入防護區比較好吧？」

所以將輝與吉祥寺都不願意帶茜過來。原本想讓她先回家一趟。

「為什麼？」

「居然問為什麼，很危險吧？」

「不會失敗對吧？」

「話是這麼說……」

「那不就沒危險了？」

不過茜搬出這個論調，將輝不得不接受她的同行與同席。剛才在小松基地更堅持留她下來，但是面對「哥哥是這種冒失鬼嗎？」這種莫須有的誹謗，將輝無法說明更大的風險。

「……別妨礙喬治啊。」

將輝最後說出這句話，將茜的存在趕出自己的意識。

大概是理解到將輝進入認真模式，待在吉祥寺身旁的茜也沒頂嘴。

將輝以類似衝鋒槍的瞄準器朝向面海的窗外。全長約五十公分的尺寸完全是衝鋒槍，但是輪廓粗細程度幾乎是固定的，加上握柄剛好在正中央，所以單手握著也易於維持平衡。

不過將輝現在是以雙手拿穩。他的左手在「鎗口」偏後方的位置。也就是真槍的護木部位。

眼鏡型的護目鏡是將瞄準領域視覺化的工具。新戰略級魔法以長方形平面——海面為攻擊對象。長寬由瞄準器側邊的四個按鍵調節。上鍵是左右擴張，下鍵是左右縮小，前鍵是前後擴張，後鍵是前後縮小。按住按鍵就能讓投影在護目鏡的長方形框架產生變化。

此外嚴格來說，握柄的部分不是瞄準器。發揮瞄準器功能的是「槍身」與接在後方的元件。握柄安裝的感應石，負責將中型電腦透過管線送來的電子資料轉換輸出為想子訊號。

外海二十公里處，水平線另一側的海面，和實際的視野重疊映在護目鏡。將輝使用瞄準器側邊的按鍵，在影像中設定長五百公尺、寬一公里的目標區域。

「開始試驗。」

聽到將輝的宣言，不只是吉祥寺與茜，協助試驗的基地技術人員都屏息以待。

將輝左手離開設定目標領域的按鍵，扶住瞄準器的「槍身」。

他的右手緊握握柄，食指扣下瞄準器的扳機。

中型電腦將確定的座標情報轉換成啟動式的格式。

儲存在電腦的啟動式電子檔填入座標資料與魔法式複製的時間表，沿著管線傳送到瞄準器的握柄。

安裝在瞄準器握柄的感應石，將電子資料轉換成想子情報體。

啟動式以想子訊號輸出，吸入將輝的右手。

——讀取啟動式。

啟動式傳送到將輝潛意識裡的魔法演算領域。

——建構魔法式。

魔法式通常會在零點五秒內完成。

不過，這次讀取啟動式之後，花了約一秒的時間。

將輝輸出魔法式。

他不必以意念操控，魔法式就投射到目標領域中央。

——魔法中斷。

中斷的前一刻，無數魔法式確實填滿一千公尺×五百公尺的海面。

「試驗成功！」

在基地技術人員發出的喧嚷聲中，吉祥寺露出滿臉笑容高聲宣布。

◇　◇　◇

七月七日下午六點。大型空母在日落前從橫須賀軍港出海。是兩週前停泊至今的ＵＳＮＡ海軍「獨立號」。

獨立號的行程是在房總半島東南方的公海進行艦載機的夜間起降訓練，然後就這麼前往夏威夷基地回國。

獨立號以二十五節左右的速度（以這個時代的船舶來說偏慢）來到公海之後，穿浪型的雙體高速運輸艦接近過來。

從獨立號起飛的小型直升機，降落在高速運輸艦「中途島號」。從直升機下機站在中途島號的是四名軍人與一名平民。分別是夏綠蒂・貝格上尉、佐伊・斯琵卡中尉、蕾拉・迪尼布少尉等三名女軍官，還有雅各・雷谷魯斯中尉以及雷蒙德・克拉克（平民）。

五人齊聚甲板時，前來迎接的士官拉開嗓門。

「下官是STARDUST戰士Ｃ１３的查爾斯・庫柏中士！」

即使是直升機起飛的螺旋槳聲也沒蓋過他的聲音。

「我是STARS第四隊隊長貝格上尉。」

回應中士的是貝格上尉。她的階級在四人之中最高，所以無須討論就決定由她以指揮官的身分行動。

「包括下官的二十名STARDUST戰士，從現在起納入上尉閣下的指揮。」

「知道了。包括中士的二十人納入我的指揮。」

「是！」

回應貝格這句話的不只是庫柏中士。包括實際出聲的中士在內，二十人分的意念波整合為單的意念，流入貝格的意識……不，是從貝格的意識湧現。

這股意念波也傳達到包括雷蒙德在內的另外四人。這艘運輸艦運送過來的戰鬥員，都是化為寄生物的STARDUST強化士兵。

貝格等五人不是被帶到客艙，而是運輸艦裡的小型簡報室。是貝格這麼希望的。

「我想決定明天的配置。」

貝格省略開場白這麼說。

「說得也是。作戰是明天進行，所以不會太早。」

習慣貝格作風的斯琵卡，像是要沖淡她過於性急的印象般附和。

「隊長有什麼想法？」

接著迪尼布在一體成形的會議桌螢幕開啟巳燒島的空拍照，詢問貝格的計畫。她們第四隊的做法是將大部分的事情交給隊長貝格一個人決定。

貝格指著空拍照的東北岸，回答部下的問題。

「這個嘛，我與迪尼布少尉分別率領十名STARDUST清除抵抗的敵人，雷谷魯斯中尉在後方支援，斯琵卡中尉與雷蒙德先生留在本艦確保退路，這樣如何？」

「我沒意見喔，上尉閣下。」

率先贊同的是雷蒙德。但他的語氣稍微欠缺嚴肅感。

「只是，設施的破壞怎麼辦？」

雷蒙德以相同語氣提出的問題，使得貝格稍微板起臉。雷蒙德這種說法某方面像是瞧不起對方。他對於自己被貝格成累贅感到不滿。

雖然這麼說，但他們是共享意識的寄生物。貝格的判斷也是雷蒙德的結論。雷蒙德的不滿就像是自己的感性反抗自己的理性，不能攤開來說。此外貝格也共享雷蒙德這份「不是滋味」的心情。

因為內心相互連結，所以也不能視若無睹。他們將自己與他人的對立當成自己內部的摩擦藏入心底。這可以說是「無法置身事外」的弊害。

「雷蒙德先生，敵方戰力癱瘓完畢之後就會叫你，到時可以請你從船上拿炸彈過來嗎？」

「好的好的，上尉閣下，知道了。」

對於「一為全」的他們來說，對他人感到不快，等於對自己感到厭惡。

「雷谷魯斯中尉對此也沒意見吧？」

「是，上尉閣下。」

「很好。那麼解散。」

在招致更強烈的自我厭惡之前，貝格結束這場作戰會議。

【6】

西元二〇九七年七月八日星期一，日本時間凌晨零點。

新蘇聯遠東艦隊從海參崴出港。

新蘇聯艦隊接近。

收到這個消息，面日本海地區的許多企業與學校臨時停班停課。

山陰、北陸、東北靠日本海這邊的各地區收到準備進入避難所的勸告，相鄰的地區也被呼籲要嚴加注意。

前年的橫濱事變是奇襲攻擊，所以沒有時間防備威脅。反過來說也沒時間對進逼而來的敵軍威脅感到恐懼。

相對的，這次的新蘇聯艦隊以看得見的形式大舉接近。沉重的壓力壓在人們的內心。

日本時間正午，新蘇聯艦隊在能登半島西北方三十浬處停止。這個位置可以說就在鄰接區的界線外緣。

以電磁彈射砲為主武裝的對地攻擊艦兩艘，對空與反艦飛彈艦四艘，反潛與反艦飛彈艦四艘，再加上十二艘小型戰鬥艇的陣容，後方十浬處還有空母與兩艘護衛艦待命。

對此，日本軍出動四艘對空與反艦飛彈艦、六艘反潛與反艦飛彈艦。加上已經完成出港準備八艘小型艇，分別在舞鶴、金澤與新潟待命。

恐怕在正如字面所述的水面下，兩軍的潛艇肯定也正在對峙。

新蘇聯的要求和昨天一樣沒有改變，要日本引渡以大規模魔法造成多數民眾傷亡的戰爭罪犯劉麗蕾。

對此，日本政府提案由國際刑事法院開庭審理，回覆說從保護逃亡者人權的觀點無法接受單方面的斷罪。附帶一提，國際刑事法院如今在制度上固然還存在，卻已經超過半個世紀沒運作，成為有名無實的組織。

對於政府保護劉麗蕾的方針，民間並不是沒有批判的聲音。理由是不應該為了外國人害得國民生命暴露在危險之中。不過當新聞播放劉麗蕾的影片，這種聲音幾乎得不到贊同了。應該是因為劉麗蕾年僅十四歲又是美少女，同情她的氛圍因而增幅。

當事人劉麗蕾沒有離開小松基地。

而且在今天，一条茜與她的父親——一条家的當家一条剛毅前來造訪劉麗蕾。

七月八日正午過後。將輝與吉祥寺都位於佐渡島。

兩人在今天一大早抵達這座島。並不是預先知道新蘇聯艦隊的動向。得到敵方朝著能登半島西方前進的消息，將輝依然請父親代為護衛負責監視劉麗蕾的妹妹茜，自己則是來到佐渡島。這麼做是基於吉祥寺的意見。

將輝與吉祥寺大膽站在島嶼北岸的燈塔迴廊處。這個場所可以率先發現敵軍艦影，相對也會完全被敵軍看在眼裡。

「喬治……他們真的會來嗎？」

將輝眺望著外海詢問吉祥寺。他語氣變得半信半疑，某方面來說是在所難免。將輝摩拳擦掌想以昨天剛獲得的新魔法，擊退沿著能登半島西北海域航行過來的新蘇聯艦隊。

不過，提供該魔法的當事人吉祥寺，強烈主張新蘇聯侵略的目的地不是金澤或小松，而是佐渡島。將輝無法把好友的話語當成耳邊風，將金澤與小松那邊交給父親，自己則是來到這裡，不過透過新聞與一条家情報網傳來的是敵方艦隊依然位於能登半島西北方的消息，狀況毫無起色。

——這樣下去，新魔法將無用武之地。

將輝感受到這種焦慮。

「會來。肯定沒錯。」

而且如此回答他的吉祥寺，洋溢著近乎不自然的確信。

從失去故鄉與父母的那天起，吉祥寺一直在思考他們為什麼遭受襲擊。

得出的結論是佐渡島的軍事價值。

距離本州三十多公里。即使堪稱近在咫尺，島嶼依然是島嶼，無法以陸路派兵員進去。佐渡島的面積足以讓侵略部隊駐留，也有用來運用艦艇的港口，可以說是最適合新蘇聯用來侵略日本的灘頭堡。比起沿著北海道南下，應該更能有效壓制日本中樞。

實際建立灘頭堡的時候，確保制空權會是一個問題，但無論將目標設定在哪裡都有同樣的問題。而且雖然這也是日方的嚴重問題，但是即使五年前實際遭受過攻擊，佐渡島依然沒設置充分的防衛設施，只有小規模的防衛部隊駐守。

就算對馬要塞另當別論，好歹也應該提供基地讓迎擊艦艇進駐，但實際上也沒有。距離新潟基地太近或許是隱情之一，不過這麼一來，將新潟基地遷移到佐渡島應該才是原本的樣子。因為直接面對敵方勢力的不是新潟而是佐渡島。

此外，吉祥寺還有一個根據。

「日本海軍不弱。新蘇聯肯定也不希望正面硬碰硬兩敗俱傷。因為雖說大亞聯盟實際上已經投降，卻還沒完全失去戰力。」

「所以他們會設局偷襲？」

「一點都沒錯，將輝。」

◇◇◇

對於新蘇聯艦隊的接近，國立魔法大學與附設高中採取相同的應對措施。不分地區，各校一齊臨時停課。

但是和一般學校不同，並不是因為要優先讓學生與教職員避難。是考慮到有人會以義勇軍身分參與國防，為了給他們一個方便而採取這項措施。

如果思考這一點，達也應該到土浦的國防陸軍一〇一旅基地報到。但他和深雪一起待在家。

雖然這麼說，卻也不是從早上一直窩在家裡。他們上午位於水波入住的調布碧葉醫院，現在是回家吃午餐。

「哥哥，讓您久等了。」

午餐收拾完畢，換好衣服的深雪，對客廳的達也這麼說。

「知道了。」

以數據廣播與軍用通訊追蹤狀況變化的達也，關閉占滿整面牆的螢幕起身。

兩人下樓到地下室的車庫，以如今成為達也愛車的飛行車前往調布碧葉醫院。之所以不用五分鐘就抵達，除了自家大樓離醫院很近，路上沒什麼車肯定也是原因之一。

「水波，方便進去嗎？」

「好的，請進！」

深雪在病房外問完，房內傳出水波洋溢活力的聲音回應。和剛住院那時候判若兩人。這也是當然的，她已經確定明天出院，水波身體上幾乎完全康復。

「達也表弟，深雪表妹，辛苦了。目前沒有異常喔。」

兩人進入病房，向他們搭話的不是水波，是夕歌。四葉分家之一——津久葉家的長女。四葉一族的繼承不看性別，所以津久葉家應該會由她繼承。

「夕歌表姊，謝謝您。」

達也與深雪離開病房用餐的這段時間，夕歌代為監視水波周圍。深雪這句話是對此道謝，同時也是表明接下來再度由自己負責這份工作的意志。

「不用客氣。」

夕歌從床邊的沙發起身。這間個人房空間充足，所以夕歌搬來這張沙發，這麼一來久坐也不會累。不過這不是她自己的沙發，是由本家出錢。

沙發是在一週前擺在這裡的。換句話說，夕歌大概從那時候開始參加水波的病房警備任務。

「那我會待在這層樓的警備室。」

「我晚點也會過去。」

達也回應之後，夕歌輕輕搖手回應，離開病房。

深雪和達也相視之後，略顯猶豫坐在夕歌剛才坐的沙發。因為基於這張沙發是單人沙發，從這幾天的實際情形就知道，達也絕對不會主動坐沙發。

達也一如往常坐在圓凳。

「看來準備好出院了。」

「因為雖說要準備，也沒什麼行李要打包……」

如水波所說，放在衣櫃前面的行李箱是小型的。

「記得明天是十一點？如果只有今天臨時停課，到時我一個人來接妳吧。」

「不可以這麼麻煩您！」

「沒什麼好麻煩的。」

水波的嘴反覆開闔，大概是在尋找反駁的話語。

但她終於在輕輕嘆氣之後閉上嘴。

她放棄讓達也改變主意。

「那個，達也大人……」

即使如此，她也阻止不了自己發問。

「沒關係，問吧。」

達也以這句話准許水波發問。

「……真的可以不去基地嗎？」

充滿猶豫的這個問題，真正的意思是「您為什麼在這裡」。

「沒關係的。那邊已經安排別人代替了。」

——這裡不能交給別人。

——由我自己解決。

達也的回答，聽在水波耳裡是這個意思。

◇◇◇

伴隨USNA空母獨立號前來的雙體高速運輸艦中途島號，航向和開往東方的空母分開。往南，然後往西。目的地是房總半島南方約九十公里的海面。

運輸艦載著雷谷魯斯、雷蒙德、貝格、迪尼布、斯琵卡，以及二十名化為寄生物的

STARDUST，直指巳燒島航行。

（開始行動了嗎？）

運輸艦中途島號轉向前進，開始進行恆星爐設施襲擊作戰。光宣在座間基地即刻掌握這個情報。

他位於ＵＳＮＡ的運輸機上。毀損無法飛行的機體倉庫，藏著被封印的STARS第三隊隊長，化為寄生物的艾克圖魯斯上尉身體。

光宣從昨天一直忙著解除艾克圖魯斯身上的封印。而且如今來到最終階段。

（這樣肯定會清醒！）

光宣將完成的術式打入艾克圖魯斯的精神。花好幾個小時改寫的精神干涉系魔法式，經由連結精神與肉體的想子情報體，干涉靈子情報體。

光宣確實感應到艾克圖魯斯的精神甦醒。原本處於冬眠狀態的艾克圖魯斯精神體，對光宣的魔法產生微弱的反應。

（好……再來只要時間到了，艾克圖魯斯的精神就會從內側突破封印。）

出現龜裂的封印，只要沒從外部修復，就會受到內側的壓力損毀。光宣對照自己繼承的知識這麼認為。

（只是……）

說到唯一的不安，在於他叫醒的是名為亞歷山大．艾克圖魯斯這個人類的精神。施加在寄生物的封印極為堅固，而且和九島家魔法或周公瑾的方術屬於不同系統，因此光宣應用了活化人類精神的系統外術式。

化為寄生物的人類內部，人類原本的精神和寄生物本體融合在一起。活化人類精神的魔法導致人類對寄生物產生抗拒反應的可能性，理論上不是零。

（……即使發生這種事，也只要再度融合就好。）

一度化為寄生物的時間點，精神就已經適應寄生物，不會因為抗拒反應而喪命。光宣以這種想法說服自己。

他隱藏身形走下運輸機。是結合「扮裝行列」與「鬼門遁甲」的技術。透明化造成的光線不自然折射，他使用轉移注意力方向的魔法，不會引來他人查問。

光宣穿過基地閘門，就這麼維持透明，徒步穿越附近公園，進入停在道路對面的密斗貨車。是九島真言從奈良送來的車。

至今依然用來運送貴金屬或定溫藥品的這種密斗貨車，裝滿偽裝成時裝模特兒的寄生人偶。

走上燈塔迴廊的時候，將輝與吉祥寺沒準備椅子。也沒有能代替椅子坐下的物體。行李箱大小的ＣＡＤ以堅固的箱子保護，但也沒大到能讓高中男生坐下。

再怎麼年輕，久站也不可能不累。但兩人不需要枯等到疲勞對思考造成負面影響。

「動了！」

以平板型終端裝置監視新蘇聯艦隊動靜的吉祥寺對將輝說。

「往哪裡？」

「對地攻擊艦隨行的小型高速艦一齊開始往東方移動。這……加速好快。不必一個小時就到達這個海域。」

吉祥寺的回應使得將輝低聲呢喃。

「推定最高速度一四〇節嗎……這速度和我國最快的艦艇一樣。迎擊呢？」

對於將輝這個問題，吉祥寺操作平板調出情報。

「正面對峙的飛彈驅逐艦好像被敵方驅逐艦牽制無法出手。小松的空軍也忙著對付敵方空母艦載機。新潟基地有八艘小型艦出港……但我認為局勢難免不利。」

「那麼？」

「嗯。」

吉祥寺向將輝點頭。

「我們要阻止敵方的作戰。在新蘇聯的貝佐布拉佐夫用『水霧炸彈』介入之前，用你的『海爆』阻止。」

「啊啊，要來就來吧！」

然後，將輝向吉祥寺點頭回應。

◇　◇　◇

雖然無須重新說明，但達也是十八歲的少年，水波是今年將要滿十七歲的少女。雖說深雪也在，但達也長時間待在水波的個人病房，彼此難免變得尷尬。達也移動到同一層樓設置的警備室就是為了避免尷尬。

這間醫院實質上由四葉家掌控，水波病房所在的樓層保留給四葉家相關人士專用。醫院的保全裝置也只有住院大樓的這層樓追加獨立的系統。不只如此，整間醫院的情報都可以在這間警備室監控。

「哎呀，達也表弟，辛苦了。」

如夕歌自己剛才所說，她在警備室等待達也。

「夕歌表姊也辛苦了。時間差不多該換班了吧？」

「預定是這樣沒錯，但我今天打算在這裡多待一下。」

夕歌個性看起來隨興，實際則是一板一眼。不是無意義就主動加班的女性。

「這樣啊。老實說，幫了我大忙。」

達也同時也知道夕歌留下來的原因。

「在這種狀況，防衛省的官僚先生也不能以私事為優先吧？」

夕歌說的「防衛省的官僚先生」是指四葉分家之一——新發田家下任當家新發田勝成。勝成的直接戰鬥能力恐怕是四葉分家首屈一指。他在關鍵時刻無法參戰肯定是迎擊光宣的不利要素。

「……那個，你覺得會來嗎？」

「不知道時間就是了。」

對於夕歌的詢問，達也回以間接的肯定。

「這個狀況也是九島光宣打造的嗎？」

「這我覺得不是。不過他可能預先知道會這樣。」

「那麼，他應該會做各方面的準備吧？」

「恐怕是。」

兩人都預測光宣要襲擊的話會選今天。這次光宣應該不是一個人，而是調度同伴一起來。達也與夕歌在這方面的想法也一致。

「應該不只寄生人偶吧。」

兩人也都知道光宣從九島家搶走寄生人偶。達也是文彌本人告知，夕歌是從繳交給真夜的報告書得知。

「光宣也沒有那麼瞧不起我們吧。」

只是，達也與夕歌都不認為這樣就看透光宣的底牌。

「那麼果然是……要分散我們戰力的聲東擊西？你覺得會襲擊巳燒島嗎？」

「化為寄生物的STARS，已經確認至少有一人和光宣共同行動……可能性應該不小吧。」

莉娜也點出巳燒島未完工設施遭受攻擊的可能性。此外，在關西國際機場偷渡入境的軍人，給莉娜看過臉部照片之後，確認是STARS一等星級隊員雅各．雷谷魯斯。

在四葉家之中，認為巳燒島會遇襲的不只達也一人。

「不過，追加送來的寄生物已經在座間封印完畢。在那之後，也沒有從USNA飛過來的軍機。巳燒島的防衛，光靠當地成員就應付得來吧？」

但是達也不知道已經有新的寄生物從停靠橫須賀基地的空母入侵。也不知道寄生物的兵力從

運輸機經由潛水母艦轉搭高速運輸艦補充完畢。不只達也，葉山、花菱父子甚至真夜都不曉得。

「畢竟有必要的時候也能請希爾茲協助。」

達也與四葉家當然不是「全知全能」，距離「全知」也差得遠。

穿浪型雙體高速運輸艦「中途島號」，水面部分是低矮平坦的直線型形狀。不只是高速艦，同時也是隱形艦。

但即使某種程度瞞得過雷達偵測，也騙不了對流層平台的高性能攝影機。要躲過監視系統接近日本領土，原本是不可能的事。即使接近的目標是小島也一樣。

「雷谷魯斯中尉，貴官從以前就這麼擅長光學迷彩嗎？」

不過實際上，雷谷魯斯沿著艦身展開的光學迷彩，不只是可視光，各種電磁波的觀測都無法奏效。

「進行這場作戰之前，九島光宣提供術式給我。」

雷谷魯斯老實回答貝格的疑問。寄生物基於性質無法對同伴隱瞞事情，但有別於這個隱情，雷谷魯斯也被自己的魔法嚇到，沒有掩飾真相的餘力。

「光是接受他提供魔法式，魔法技能就突飛猛進了？」

雷谷魯斯自己也抱持斯琵卡提出的這個疑問。

「大概因為我們是寄生物吧。因為精神相互連結，所以不只是魔法式，或許連使用魔法的技能都共享了。」

「這不是很奇怪嗎？」

此時插嘴的是對於STARS來說屬於局外人的雷蒙德。

「哪裡奇怪？」

「魔法師化為寄生物的時候，傾向於往自己拿手的魔法特化。」

對於雷谷魯斯的詢問，雷蒙德展現他以至高王座收集的知識。

「也就是個性嗎？」

迪尼布這麼問，雷蒙德對她緩緩搖頭。

「應該是個性沒錯，但我認為我們寄生物是全體組成單一的個體。也就是分工合作。」

「以這個道理來看，共享技能是很奇怪的事……這就是你想說的？」

雷谷魯斯說完，雷蒙德這次是點頭回應。

「讓別人使用自己的技能。換句話說，就是透過別人使用自己的技能。光宣的能力有不對勁的部分。光宣以寄生物來說很奇怪。是異類。」

「真討人厭……」

貝格聽完雷蒙德這番話之後輕聲說。她認為這麼一來，九島光宣就像是把雷谷魯斯當成使魔利用。

「……總之現在專心遂行任務。無論是哪種性質，九島光宣提供的光學迷彩魔法都有派上用場。就這麼繼續接近巳燒島。」

總之現在這麼做。

共享意識的他們，理解到貝格沒說出口的部分。

不過這裡的五人，都忘記他們的想法也全被光宣看透。

◇◇◇

從座間開往調布的車上，光宣悄悄露出笑容。美麗又妖豔的這張笑容無疑是光宣自己的，同時也帶著周公瑾的影子。

貝格在運輸艦抱持的懷疑是正確的。為了讓貝格他們的祕密破壞任務（對於光宣來說是聲東擊西作戰）成功，光宣使用雷谷魯斯的魔法演算領域施放光學迷彩魔法。雷谷魯斯以為是自己使用魔法，實際卻是光宣在控制魔法。

即使是獲得周公瑾知識的光宣，如果對方是人類就做不到。雖說改造成傀儡就做得到，但要讓傀儡表現得像是自主行動很困難。正因為對方是共享精神而且自我模糊的寄生物，才能讓對方認定自己的行為源於自主的意志。

光宣完全不在乎他們提防。他也不把雷谷魯斯或雷蒙德當成同族。

他們是寄生物的俘虜，我是寄生物的主人。

光宣是這麼認為的。

之前協助雷谷魯斯他們，並非因為同樣是寄生物，是為了利用他們抓走水波。

不過並非單方面的利用，光宣也提供他們必要的支援。客觀來看應該是互惠吧。

這個立場至今也沒改變。

不是因為同族而相互協助，而是為了彼此的目的而相互利用。

——完成目的之後就會分道揚鑣，所以他們怎麼想都無妨。

在這個時間點，光宣就像這樣目空一切。

車子開進調布市。

載送寄生人偶的不只是他坐的這輛密斗貨車。同樣型式的貨車還有五輛，分別以不同路線順利開向目的地。他不是經由和寄生人偶的精神管道，而是從交通管制情報得知這件事。

（水波小姐，等我啊……！）

再來就是時機問題。光宣由衷祈求雷谷魯斯他們的破壞任務「至少要順利進行到一半」。

這時候的水波從醫院的檢查服換回便服，離開個人病房。

深雪也陪著她。

兩人在面會親友使用的會話室隔著桌子相對而坐。桌上是Ａ４尺寸的折疊平板。完全無邊框設計，打開會成為Ａ３尺寸的這台終端裝置，裝入魔法科高中二年級課程的所有教科書。

說到這裡應該就知道兩人在做什麼了。深雪正在教水波功課。

上週是第一學期的期末考。有鑑於水波正在住院的隱情，校方特別讓她補考。不過沒有連測驗範圍都酌情調整。長達一個月的住院期間前半實在無法用功，所以追不上休養時的進度。教室聽講的課程不是由教師為全體學生授課，而是使用終端機學習，所以依照學生本人的能力想超前課程進度多久都行，只可惜水波在理論方面不是很拿手。

水波坐在床上瞪著終端裝置苦惱呻吟，看不下去的深雪自願當她的教師。

深雪掛著笑容溫柔解說，正前方的水波表情則是硬梆梆的。原因在於她讓主人深雪多花心力擔任家教的罪惡感，以及不能讓深雪浪費時間的緊張感。

包括這些想法在內，水波過度專心聆聽深雪的每字每句。以像是看見殺父仇人的眼神，依序詳讀平板的文字與圖表。

不過，水波的注意力突然中斷。

忽然有人在耳際叫她的名字。水波露出這種表情，雙眼變得模糊。

「……水波，怎麼了？」

深雪擔心詢問。

水波連忙將目光聚焦在深雪。

「非常抱歉！」

「不用這麼緊繃沒關係的……在擔心什麼事嗎？」

「不，沒事！只是稍微鬆懈而已。真的很對不……」

「不用道歉沒關係的。」

深雪以笑容打斷水波的第二次道歉。

「休息一下吧。要喝茶嗎？」

「啊，我來！」

水波說完猛然起身，跑到自動販賣機前面。

深雪稍微苦笑，讓水波如願代勞。

佐渡島的燈塔上，將輝將類似衝鋒槍的瞄準器朝向外海，吉祥寺在他腳邊操作和ＣＡＤ合為一體的中型電腦。

「好！這樣肯定接上了。」

聽到吉祥寺這麼說，將輝將瞄準器緩緩往左移動。

「捕捉到了！不過……看得到的艦影只有六艘。小型艦不是十二艘嗎？」

「由我這裡調節比例尺。」

吉祥寺把有線連接的平板型終端裝置當成顯示器兼控制台，調節將輝所戴護目鏡型顯示器的畫面。

「……喬治，ＯＫ了！」

「就這麼維持瞄準。」

吉祥寺說著取出不同於平板的終端裝置，將預先寫好的編碼郵件寄給國防海軍金澤基地。

內容是「請准許攻擊」。

沿著佐渡島西側北上的艦影映入吉祥寺視野一角。是從新潟基地出港的戰鬥快艇。速度超過五十節，而且繼續加速。

「喬治？」

「還沒！」

國防海軍遲遲沒准許攻擊。

「乾脆直接打吧！」

「不行啦！」

焦急的將輝建議不等許可就攻擊，但吉祥寺制止他。

將輝打開護目鏡，轉身朝向吉祥寺。

吉祥寺開口要勸告將輝回頭瞄準。

但他還沒說話，兩人的表情就同時僵住。

水平線的另一側，己方高速艦畫出的航跡前方出現強力的魔法氣息。

對於兩人來說，這是熟悉的波動。

三個月前，將輝的父親一条剛毅住院的原因，就是這個魔法造成的海面爆炸——

爆炸聲轟然作響，水平線冒出水霧。

「水霧炸彈嗎？」

吉祥寺默默點頭回應將輝的叫喊。

吉祥寺以連接將輝ＣＡＤ的情報終端裝置，想確認己方艦隊的現狀。
然而從新潟出動的八艘小型艦，在這短短的時間斷絕音訊。
「喬治！再輔助瞄準一次，拜託了！」
將輝重新戴好護目鏡，將瞄準器朝向原本的方向。
此時，吉祥寺的終端裝置收到訊息。
自動解碼的郵件內文是「准許攻擊」。
吉祥寺在內心咒罵國防軍的優柔寡斷，同時再度將敵方艦隊納入監視器範圍。
「將輝，注意延遲！」
「對準預測的框架就行吧！」
「北方二十公里海域有疑似漁船團的船影！準星往南移！以這個魔法的威力，就算沒直接命中也能擊沉！」
「攻擊範圍修正到盡量納入最北邊的艦艇！」
將輝修正準星，扣下扳機。
讀取中型電腦儲存裝置保管的啟動式電子檔，輸入目標的座標與大小重新計算。
將計算結果轉換成啟動式的格式。
重新建構完成的啟動式電子檔，由安裝在瞄準器握柄的感應石轉換成想子訊號輸出。

將輝的魔法演算領域，只依照該起動式建構出魔法式。

時間延遲約一秒。

目標的敵方艦隊，大約以一二〇節——秒速六十公尺的速度在海面疾馳。

艦隊的現在位置，和加入時間延遲計算出來的預測框架完全重疊。

「去吧！」

將輝咆哮之後投射魔法式。

完整覆蓋敵方高速艦楔形艦列，還包括行進方向三十公尺緩衝空間的海面領域，鋪設無數的魔法式。

所有魔法式在複製展開完畢的同時改寫事象。

水深三公尺以內的海水一齊氣化。

併用連鎖演算的「爆裂」。

戰略級魔法「海爆」。

不只是單純將水變成水蒸氣，在誕生瞬間進一步將水蒸氣的分子加速而提升威力的水蒸氣爆炸，炸飛新蘇聯的十二艘高速艦！

——就這樣，新蘇聯海軍的佐渡島襲擊作戰以失敗收場。雖然日本軍也犧牲八艘小型艦，但將輝的「海爆」完全消滅新蘇聯艦隊的機動部隊。

西元二〇九七年七月八日十四時七分。

一条將輝成為新的戰略級魔法師。

◇　◇　◇

巳燒島，東北海岸區域。

莉娜造訪上上個月開始運作的CAD開發研究大樓。

開發新CAD的過程中，魔法師的測試不可或缺。嘗試開發的CAD規格愈高，測試魔法師的能力水準要求也愈高。

不管怎麼說，莉娜身為魔法師的水準都是世界頂尖。就開發成員來看，她是稀有的貴重測試員。看起來總是很閒的莉娜，在CAD開發研究單位成為寵兒。

不只是研究成員這邊，莉娜也對這種交流抱持自己的算計。但這不是「站在接受庇護的立場要和當地人們建立良好的人際關係」這種理所當然的心態。

莉娜希望拿回逃亡時被沒收的ＣＡＤ，達也出借最新型的ＣＡＤ回應她的要求。莉娜沒對這個結果感到不滿。達也準備的ＣＡＤ比她逃亡時攜帶的機種性能更好，所以她沒有感到不滿的餘地。

只不過，還是留下些許不足。她逃離ＵＳＮＡ的時候，她專用的武裝演算裝置「布里歐奈克」留在STARS的武器庫。那原本就是必須經過參謀總部許可，否則連作戰時都不能攜出的武器，當然不能帶來日本。

只是一旦相隔兩地就反而產生執著，這一點無論對人對物都沒有兩樣。落腳在這座島嶼經過一週，莉娜開始想念布里歐奈克了。

那具武裝演算裝置使用「ＦＡＥ理論」這個特殊的學說。不過達也已經解明ＦＡＥ理論，莉娜已經聽本人親口確認。莉娜認為這座島上接受達也指導的技師陣容，肯定有能力使用ＦＡＥ理論複製布里歐奈克。她和開發成員打好關係，是打著「有機會的話請他們製作替代布里歐奈克的演算裝置」這個如意算盤。

今天她也是滿心打著這個鬼主意，大方回應開發成員的要求。

在這段過程中——

「嗚呀？」

突然襲來的想子波動，使得莉娜驚聲尖叫。

「這是什麼……？」

波動本身不是很強烈。但是完全出乎意料，感覺像是有人突然從後方抵著背部般不舒服。

不只是莉娜感覺到這股毫無徵兆的想子波動。在開發大樓各處，擁有魔法知覺的人們不悅蹙眉。

「要發動大規模魔法，卻沒能完全控制的剩餘想子？可是居然散發這麼大量的剩餘想子，成因的魔法是戰略級嗎……？」

說到現今情勢下會使用的戰略級魔法，就是貝佐布拉佐夫的水霧炸彈或劉麗蕾的霹靂塔。但他們兩人肯定不會像是初學者這樣浪費氣力。

（像是初學者？）

莉娜對自己內心浮現的這段話感到不對勁。

（確實，如果是第一次使用的魔法，就可以理解為何笨拙到像這樣無意義散發想子波動……這難道是達也正在研發的新戰略級魔法？）

莉娜得出正確的結論了。但她沒能驗證自己的推理。

突然響起的警報聲，使得莉娜不得不中斷思考。

「有可疑船隻接近？」

「已經以隱形魔法接近到鄰接區內側？」

（隱形魔法？）

交相傳來的職員聲音，使得莉娜將注意力朝向海面。

◇◇◇

（剛才的波動是什麼？）

調布市內，停靠在距離目標醫院一公里處路肩的密斗貨車上，突然湧現過來的想子大浪，使得光宣不禁失去專注力。

「糟了……！」

也因此，透過雷谷魯斯行使的隱形魔法控制失準。

光宣立刻試著取回魔法的控制。

但是在下一瞬間，他認為沒意義而放棄。

剛才的短暫時間內，海面雷達網與對流層平台監視系統肯定捕捉到運輸艦的位置。只要在接近島嶼的狀態解除偽裝一次，即使再度完全藏匿形影也無法掩飾到底。

（……比起完美偷襲成功，不如在前一刻被察覺，聲東擊西的效果肯定比較好。）

光宣在心中對自己這麼說，將注意力轉為聚焦在主要目標的醫院。

◇　◇　◇

剩餘想子波的釋放，也影響到正在搭乘運輸艦中途島號的寄生物。

「雷谷魯斯中尉？」

對於隱形魔法突然解除感到驚訝的不只是貝格。

「非常抱歉！意外的想子波動打亂專注力了！」

雷谷魯斯認定自己以魔法架設的隱形力場是因為這個原因消失。

「我立刻再度架設！」

他連忙要再度發動光學迷彩魔法。

「不，中尉。不必了。」

不過，剛才開口責備雷谷魯斯的貝格制止他。

「目的地就在眼前，已經不必偽裝了。別管這個，開始突擊！」

接到貝格的命令，迪尼布走出船艙。本次作戰不使用飛行戰鬥服（在USNA軍稱之為「推進裝甲」）。化為寄生物的STARDUST不適合使用飛行演算裝置。登陸得使用傳統工具——小艇。迪尼布前去指揮登陸艇的準備工作。

「斯琵卡中尉與雷谷魯斯中尉，準備登陸支援砲擊。」

「是，長官！」

這艘中途島號是運輸艦，雖然搭載少數的對空反艦機槍與反潛飛彈發射器，卻沒搭載對地攻擊用的電磁彈射砲。

不過各種小型炸彈存量充足。而且斯琵卡與雷谷魯斯雖說出現寄生物的專門化傾向，至少還是能以移動系魔法代替野戰砲進行作戰。

「雷蒙德．克拉克，萬一本艦遭受攻擊，拜託你防衛。」

貝格留下這段話，前去找稍後要一起登陸的迪尼布。

◇◇◇

巳燒島分成直到最近都用為魔法師罪犯監獄的地區，以及正在建設魔法研究設施群的地區。前者在島嶼西岸，後者在島嶼東北岸，恆星爐設施也在東北沿岸區域興建中。

可疑船隻從巳燒島東北方接近。島上人員立刻理解到對方衝著恆星爐設施而來。

還沒確認船籍的穿浪型雙體艦急遽減速，而且已經入侵領海。不過目前沒攻擊島上各設施。

實際上，警察的警備艇沒出動。可疑船隻的軍事意圖很明顯。明知對方不可能接受臨檢還派警備艇接近，結果只會徒增殉職人員。

以四葉家部下為主的海巡警隊駐留在巳燒島，但在這種狀態沒進行臨檢以上的措施。

守備要員的魔法師們，坐好隨時可以發動護盾魔法的準備。

大概是呼應這邊的行動吧。

接近到外海四公里處的可疑船隻突然射出炸彈。

不是來自電磁彈射砲或火箭彈發射器的射擊，是以移動魔法發射。

炸彈本身是小型，但數量很多。面對彷彿使用多彈頭榴彈的炸彈雨，守備隊一齊架設魔法護壁。

空中接連綻放光之花。

對魔法護壁造成負荷的飛散物動能算不了什麼。

重點在於伴隨爆炸的閃光剝奪守備隊的視力。

是閃光彈嗎？維持護壁的魔法師之間有人這麼問。

但即使是閃光彈，也不能解除魔法護壁。因為殺傷力強的真正炸彈或許會混入閃光彈襲擊。

可疑船隻繼續接近。

其暗處出現兩艘登陸艇。

迎擊小隊立刻出動前往海岸。

然而稱不上是堅強的陣容。炸彈雨下個不停，也必須分派人手負責防禦。

迎擊小隊首先嘗試直接以魔法干涉讓小艇翻覆。但兩艘登陸艇都以強力的對抗魔法保護，不接受直接的干涉。

島上魔法師放棄直接讓小艇沉沒，而是干涉海水試著阻止對方靠岸。

——重現離岸流，製造沖向外海的海流。

——轟炸海面引發大浪。

——在海中製作冰叉插向小艇底部。

但是對小艇本身的攻擊被魔法護盾擋下，妨礙小艇前進的攻擊被移動系魔法防守。

迎擊要員的魔法力並不弱。他們是四葉分家之一——真柴家旗下的魔法師，從這座島還是監獄的時期繼續負責這裡的警備與防衛。雖然沒有真柴家血統的成員，但這些魔法師都具備以實力壓制收監凶惡罪犯的實績。

這樣的他們實力不如人，單純是因為小艇上寄生物的能力強大。

負責迎擊的魔法師們已經知道對方是寄生物。巳燒島已經實驗性地設置寄生物偵測雷達。

登陸艇這邊朝迎擊小隊交相使用槍與手榴彈攻擊。

出動迎擊的魔法師，陷入甚至無法從掩體後方探頭的狀況。

即使想派援軍，移動魔法的砲擊依然斷續來襲，不能減少魔法護壁要員。在軍方體系等同於司令部的島嶼管理大樓裡，成員不是向真柴家，而是向四葉家報告現狀請求指示。

◇　◇　◇

管理大樓以外的場所，也可以監看島嶼遭受攻擊的狀況。位於CAD開發大樓的莉娜，也以實驗室的大型螢幕目不轉睛看著在後方拍攝迎擊現狀的監視器影像。

莉娜忽然取下測量用的有線頭盔，走向負責測試的男性研究員。

「問一下。」

「什……什麼事？」

莉娜擁有匹敵深雪的美貌。絕世美少女從正前方注視，剛滿三十歲的研究員結巴了。

「除了測量用的頭盔，有沒有防爆用的？」

熟悉這個場所的莉娜完全使用平輩語氣。不過這種事在這個單位已經見怪不怪。研究員睜大雙眼不是因為在意這件事。

莉娜不在乎研究員的驚訝，繼續提出要求。

「可以的話，也借我更方便行動的裝甲服。」

CAD實驗伴隨著危險（自身魔法非蓄意失控的風險），因此莉娜穿著至少能減緩外部衝擊的防護服。但因為沒考慮四處行動的需求，所以絕對不是方便戰鬥的衣服。

「有……有是有啦……」

「尺寸也合嗎？」

「我想，應該沒問題。」

「可以立刻幫我準備嗎？」

「為什麼……？」

這個問題不是來自聆聽要求的研究員，而是另一個年約二十五至三十歲的女性成員。

「那艘船是USNA海軍的運輸艦。」

莉娜看著地上視角影像遠處小小的雙體船，以斷定的語氣告知。

「來襲的是寄生物。那麼那就是我該處理的對手。」

「…………」

「這裡的我不是『天狼星』。」

莉娜的語氣變了。

「即使如此，我也不想對同胞的過錯裝作不知情。」

雖然正在逃亡，她依然將自己定位為ＵＳＮＡ國民暨美國軍人。

這不是身為「天狼星」，是身為ＵＳＮＡ所屬戰鬥魔法師的自豪。

達也收到本家的緊急通訊時，位於和水波病房同一層樓的警備室。

不是普通的通訊，是緊急通訊。達也知道這個系統，卻完全沒預想到會用來通知他。

『達也大人，抱歉只以語音聯絡您。』

「花菱先生，有事請說。」

透過專用有線電路打電話過來的是四葉家管家第二順位，花菱兵庫的親生父親花菱但馬。

他負責的是過程中需要動用武力的各種業務，說穿了就是管打架的。光是花菱管家直接聯絡的這個事實，達也就大致猜到正在發生什麼事。

「巳燒島遭受襲擊是吧？」

『正是如此。ＵＳＮＡ海軍高速運輸艦中途島號派出小艇進行登陸作戰。』

不同於巳燒島的人員，巳燒島已經從中途島號的輪廓掌握真實身分。

「使用了正規軍的艦艇嗎……」

達也對此也不禁驚訝。不知道是USNA已經不想隱瞞對日本的敵對態度，還是打算以「叛亂」這種睜眼說瞎話的謊言瞞騙到底。

『登陸部隊的陣容是二十二具寄生物。中途島號內部也有三具寄生物的反應。雖然也有普通人的生體反應，不過以戰力來說應該可以忽略。』

留在運輸艦上的普通人肯定是航行員。不知道是積極參加這次對日本領土的攻擊，還是純粹盲目執行命令。達也認為也可能是受到精神操控。

不過在這個節骨眼，這不是本質上的問題。

「防衛部隊正在陷入苦戰吧？」

『可惜確實如此。小艇上的兩具寄生物以及運輸艦上的兩具寄生物，測量到匹敵STARS一等星級的魔法力。推測是希爾茲小姐出言證實過的STARS寄生物。』

——這麼一來無法對抗。

達也立刻如此判斷。

看來先前以為已經成功阻止STARS援軍的想法是誤判。實際上當的好像是自己這邊……內心深處湧現的懊悔，達也像是置身事外般輕易壓潰。

「我立刻趕往已燒島。」

『麻煩您了。醫院的防衛，這邊會安排人員增援。』

「收到。」

『以上就是聯絡事項。』

透過緊急線路的語音通訊結束。

這段通訊不是使用個人用的話筒，而是和視訊電話一樣經由揚聲器與收音器進行。室內的人不必豎耳也聽得到達也與花菱管家的對話。

「這樣好嗎？」

達也身旁的夕歌當然掌握對話內容。

而且對於知道內情的人來說，夕歌這麼詢問達也也是自然的演變。

「若問好還是不好，我會說不好。」

達也稍微蹙眉，和夕歌面對面回答。

「不過，也不能讓他們破壞建設中的設施。」

「雖然用不著我提醒，但這是聲東擊西。」

「我知道。」

達也不等夕歌說下去，前往隔壁的更衣室。

夕歌也沒叫住達也。

達也來到深雪教水波功課的談話室露面。

看到達也的衣著，深雪與水波都難掩驚訝。

「……哥哥，您要出擊？」

達也身穿四葉家研發的飛行戰鬥服「解放裝甲」，手上抱著成套的頭盔。

「巳燒島被寄生物襲擊。敵人合計二十五具，其中四人是STARS的一等星級。即使莉娜加入守備隊也應付不來。」

達也的回答有點像是找藉口。

「知道了。哥哥，祝您武運昌隆。」

對此，深雪回應的話語完全沒有心機。

「妳們兩人回病房比較好。」

「知道了。」

「我打算盡快回來……不過深雪、水波，別勉強啊。」

深雪知道達也為何這麼說。

不只深雪，水波也知道達也的出動是調虎離山，光宣肯定會趁他不在的時候來襲。

「好的。」

深雪明白光宣會襲擊，依然帶著笑容點頭。

「哥哥，您不用擔心。這裡請交給我吧。」

深雪雙眼絲毫沒浮現不安。

◇ ◇ ◇

守備隊的抵抗，比迪尼布預測的還要頑強。

不算激烈。迪尼布與貝格的小艇都沒受損。

但是遲遲無法接近岸邊。小艇本身沒被攔阻或往回推，但航行無疑受到妨害變得遲緩。

小艇遭受的攻擊也無法輕易防禦。如果船上只有STARDUST，船身應該已經受損。這是陽春構造的登陸用小艇，被擊沉的可能性也很高。

「不可侵犯之禁忌嗎……看來不是浪得虛名。」

迪尼布露出猙獰的笑容低語。她沒發現自己的想法化為言語。她原本就是好戰的個性，但不會激昂到不清楚自己的狀態。這是化為寄生物造成的變化，不過迪尼布本人沒自覺。

雖然比預定花了更多時間，但只要持續前進遲早會抵達終點。

終於即將登陸。站在岸邊的敵人長相，已經能以肉眼清楚辨別。

「那是……？」

認出自己正前方的嬌小人影，迪尼布疑惑蹙眉。

魔法師的能力沒有性別差距。站在前線的女性魔法師並不稀奇。

之所以引起迪尼布的注意，並非因為身穿裝甲服，手中武器疑似榴彈槍的對手是女性。

對方以槍口朝向這邊的站姿，刺激迪尼布的記憶。

「那傢伙！」

下意識所冒出這個疑問的答案，到達迪尼布的意識。

「玷污天狼星之名的叛徒！」

迪尼布從武器腰帶抽出刀子，射向海岸。

刀子精準飛向架著榴彈槍的女性魔法師，卻在命中前失去控制，落在鋪設柏油的堤防。

迪尼布擅長戰法的是近身戰，自知不太擅長遠程攻擊魔法。她的責任是率領登陸艇分隊，所以即使已經認出那個魔法師是天狼星，也拚命克制想立刻撲過去的慾望。

（還沒嗎……還沒嗎！）

在她瞪視的前方，女性魔法師扣下扳機。

榴彈槍的槍口噴出火光。

迪尼布感覺到自己也參與建構的小艇多層護盾被射穿。

莉娜以頭盔的望遠功能，認出指揮小艇的貝格與迪尼布。

（夏兒、蕾拉，妳們也……？）

莉娜知道船上都是寄生物。發現貝格與迪尼布在其中時，湧上莉娜心頭的不是憤怒，也不是「活該」這種扭曲的喜悅，而是哀傷。看來她全身上下都是以善良組成的。

（既然成為寄生物，明明應該早就知道真相了。）

但是，勾在扳機的手指沒因為躊躇而僵硬。

莉娜身為戰士缺乏許多心理要素。清楚告知她不適合當戰士反而是為了她好——她就是缺乏到這種程度。

不過，她唯獨不會同情敵方害得己方陷入險境。這是她唯一適合當戰士的特性。

她架起的這把槍，槍身真的和榴彈槍一樣粗，但槍口只有大口徑步槍左右。槍身異常厚實。槍管內側沒有膛線。只看這一點的話像是霰彈槍。

不過這不是純粹的槍，是武裝演算裝置。正在巳燒島研發的武裝一體型ＣＡＤ試作品。

莉娜架著研發成員提供的這把武裝演算裝置，扣下扳機。

導體在厚實槍身的基部電漿化。電漿受到本身的膨脹壓要從槍身溢出，但槍口產生的強力高電位電場吸引電子，陽離子反而因為排斥該電場而被抑制擴散。

電子與陽離子分離的這時候（不過所需時間是一瞬間），輪到槍管內部形成電磁場，讓陽離子朝槍口方向加速。槍管成為超小型的線性加速器。

槍口電場在這個時間點解除。原本試著擴散的電子，被槍口噴出的陽離子拖出來形成中性粒子雲襲擊目標。

換句話說，這把武裝演算裝置是荷電粒子步槍。

原理和莉娜的布里歐奈克完全不同。威力也明顯比不上。不過——

（這個……還不錯……！）

性能足以讓莉娜瞬間忘記現在的憂鬱狀況而欣喜。

中性粒子（不是中子，是整體帶電的中性電漿群）的能量砲，命中迪尼布所搭乘小艇的魔法護盾。

護壁魔法預設的防禦對象只到十倍音速左右的固體。沒設想過承受質量匹敵步槍彈的電漿撞擊。

中性粒子能量砲貫穿魔法護盾，貫穿小艇，在海中引發小規模的水蒸氣爆發。

迪尼布與同船的人們被拋入大海。

莉娜將槍口朝向貝格的小艇。

貝格使用重力控制魔法抬起一大塊海水當盾。看來她一眼就看穿莉娜武裝演算裝置的性質。

對此，莉娜使用達也為她準備的思考操作型ＣＡＤ發動反重力中和魔法。這個魔法不是干涉

重力場本身，是將受到斥力扭曲的重力場改寫回復為正常引力。

某些重力控制魔法可以將重力維持引力的性質，只改寫作用的方向。如果貝格的魔法是干涉重力作用方向，莉娜的反重力中和魔法就不會發揮任何效果。

不過，莉娜的魔法使得貝格高舉的水盾落在海面。

荷電粒子步槍扣下扳機。

中性粒子能量砲劇烈衝撞貝格的魔法護盾。

或許隊長這個頭銜不是掛好看的，剛才貫穿迪尼布護盾的粒子線，貝格的護盾擋下了。

（還沒完喔！）

但在下一瞬間，看似擴散之後在海面消散的電漿帶著高熱發光。

莉娜的拿手魔法「熾炎神域」。

一般來說只是將空氣分子變成高能量電漿，但是荷電粒子步槍射出的電漿擾亂該處大氣。莉娜現在發動的「熾炎神域」規模雖小，威力卻很強。

魔法護壁碰觸到灼熱的領域而崩毀。

幾乎在同一時間，貝格及接受她指揮的STARDUST一齊棄船跳海。

電漿吞噬小艇。

高熱點燃氫氣燃料，小艇葬身海面。

莉娜放下武裝演算裝置喘口氣。

但是粗心大意只發生在喘口氣的短暫時間。

莉娜的鏡面護盾，將看不見的光束打入海中。

連射的高能量紅外線雷射彈。是雷谷魯斯的「雷射狙擊」。

雖說是連射，但是魔法基於性質，每次射擊都間隔一秒左右。

莉娜在認知到雷射狙擊命中的下一瞬間解除護盾，確認雷谷魯斯的位置。

距離海岸約一公里。運輸艦中途島號的艦首。

莉娜重新架設鏡面護盾。

鏡面護盾是以術士為基準，隔絕從外側射過來的電磁波。不會阻礙從內側發射的粒子線。

莉娜的武裝演算裝置發射中性粒子能量砲。

「哎呀？」

但在發射之後，莉娜發出洩氣的聲音。感覺沒有命中運輸艦。

鏡面護盾也會隔絕來自外側的可視光線。換句話說看不見護盾另一側發生什麼事。不過如果中性粒子能量砲命中船身，莉娜應該會聽到爆炸聲，要是魔法護壁擋下這一砲，想子場的晃動肯定也會傳達過來。

莉娜以移動系魔法大幅更換位置躲開雷射狙擊的瞄準，以沒有鏡面護盾的狀態看向運輸艦。

「佐伊？」

斯琵卡和雷谷魯斯並肩站在運輸艦的艦首。

斯琵卡伸直右手指著莉娜。是她發動拿手魔法「分子切割投擲槍」的姿勢。

不過那個魔法適用於中距離。射不到一公里遠的這裡。

（……原來如此！）

莉娜扣下荷電粒子步槍的扳機。

發射的中性粒子能量砲，在莉娜與斯琵卡正中央的地點開始擴散，到運輸艦前方時，能量砲完全消散。

（果然！）

分子切割是在表面上反轉電子的電荷極性，切斷分子間結合力的魔法。

朝著荷電粒子步槍一直線形成的電荷極性反轉力場，反轉包括中性粒子群的電子極性，將中性粒子群改變成正電荷粒子的集合體，藉以讓粒子互斥促使擴散。

雷谷魯斯從斯琵卡身邊跳躍。

莉娜將荷電粒子步槍的槍口朝向雷谷魯斯。但是雷谷魯斯猛蹬空中與海面曲折前進，不讓莉娜瞄準。

如果莉娜的武器是布里歐奈克，雷谷魯斯的閃躲就不具意義。布里歐奈克的電漿砲會按照莉

娜的定義飛行，要聚合、擴散或彎曲也都隨心所欲。除非以莉娜眼睛追不上的速度閃躲，否則無法逃離布里歐奈克的砲擊。

但荷電粒子步槍只是從槍口射出筆直的能量砲。瞄準端看射手的技術。莉娜不太擅長步槍射擊。

莉娜扔掉荷電粒子步槍，抽出手槍——正確來說是手槍一體型的ＣＡＤ。增幅貫穿力的武裝演算裝置，在日本也是從以前就有製作。她請ＣＡＤ開發大樓的成員提供近似自己慣用的武裝演算裝置帶在身上。

運輸艦開向外海遠離。

但是莉娜無暇在意這件事。

◇　◇　◇

調布碧葉醫院停車場有一輛淡藍色的自動車起步。是達也駕駛的飛行車。

飛行車無視於交通法規與航空法從路面起飛，光宣讓非寄生人偶的女機人帶著隱藏攝影機，透過鏡頭目送車輛離開。

「……作戰開始。」

光宣以自言自語般的語氣輕聲說。

實際上當然不是自言自語。

駕駛回應光宣這句話，密斗貨車從路肩起步。這名駕駛是九島家派來的人，現在接受光宣的心理誘導行事。

光宣的聲音也透過無線電傳達給其他貨車。

包括光宣坐的這輛共六輛。車斗載著寄生人偶與戰鬥用的女機人，各自從不同路線駛向水波住的醫院。

無視於道路交通相關法規與航空管制相關法令從公路起飛的達也，完全沒被相關單位命令停車或追捕。

不是登錄為飛機，而是登錄為自動車的飛行車，沒被要求打開無線頻道。警方的直升機追不上飛行車，對於從國內道路起飛的飛行物體，空軍也沒有實行緊急起飛的標準程序。

換句話說，當局沒有命令或追捕的手段。

車牌號碼以市區監視器就看得見，所以之後恐怕會被勒令到案。不過這是到時候的事。達也這邊可以主張國防軍眼睜睜看著領土巳燒島遭受外國勢力侵略卻沒出動。

雖然無法成為法律上的免責根據，卻可以當成交易材料。何況現狀無法在意這種事。

一來到海岸線，達也就將飛行車行駛在縱貫東京灣，穿過浦賀水道上空的路線。他姑且貼心避免在陸地上空飛行。

達也將飛行車的速度提升到時速九百公里以上，飛向巳燒島。

◇

莉娜右手握著手槍，左手架起刀子，準備迎擊雷谷魯斯。

然而襲擊她的不是雷谷魯斯，是從海裡跳出來的迪尼布。

「莉娜～～！」

迪尼布以暱稱稱呼莉娜不是基於親密情感。只是因為思考無謂事情的餘力從意識消失，回復到昔日的習慣罷了。

「蕾拉！」

莉娜在這方面也沒誤解，朝著跳出海面從上方進攻的迪尼布使用魔法。

加重系攻擊魔法「重鎚」。以投影圖認知敵方的存在，朝著看得見的平面加壓的魔法。

來自左側平面的衝擊，迪尼布以向右的移動魔法緩和。十幾公尺的不遠處產生雷射狙擊的徵兆。

莉娜不是架設鏡面護盾，而是將插在武器腰帶的刀子射向雷谷魯斯。不是以語音控制，改以思考操作型ＣＡＤ發動「舞空刃」。

刀子不經莉娜的手就飛出刀套，射向雷谷魯斯。

雷谷魯斯改變姿勢，導致紅外線雷射彈往天空偏移。

莉娜射出的刀子在雷谷魯斯背後反轉，襲擊雷射狙擊使用的武裝演算裝置。尖刀插入槍機，雷谷魯斯扔出武裝演算裝置。

武裝演算裝置在海面爆炸。

雷谷魯斯以右手緊握左腰往前突出的握把，使勁一抽。

窄版金屬腰帶變成細長的刺劍。

當然不是單純的突刺用細劍。整條金屬腰帶被賦予雷谷魯斯的釋放系魔法，成為柔韌的電擊劍。

莉娜無暇注意腰帶的變化。

這次輪到迪尼布使用加重系攻擊魔法「重鎚」攻擊莉娜。比莉娜剛才使用的「重鎚」更具威力。

「夏兒？」

迪尼布接連以加重系魔法攻擊莉娜。

「……這麼愛裝熟。」

莉娜大幅往內陸方向後退之後，貝格爬上堤防。

莉娜架著手槍與刀子，謹慎掃視兩側。

正前方是貝格。

右方是雷谷魯斯。

左方是迪尼布。

而且在他們的身後，化為寄生物的STARDUST陸續登陸。

但莉娜光是應付一等星級的三人就沒有餘力。無法連STARDUST也一起處理。

「看來妳們也成為寄生物了。」

莉娜以母國語言向貝格與迪尼布搭話，試著突破現狀。

貝格沒對莉娜的話語起反應，但迪尼布眉頭微顫。

「成為寄生物的現在，你們肯定知道真相。知道我沒有叫來寄生物，知道我勾結日本的說法是不白之冤！」

「既然沒勾結日本，為什麼要逃亡到日本？」

迪尼布展現激動情緒。

「為了自保。從妳們這些叛徒手中自保。」

莉娜表面上冷靜回嘴。雖然內心狂亂到不輸迪尼布，但她以意志力克制。

「也對。當時是藉口。」

貝格的語氣稱不上冷靜，卻也沒有激動。她朝莉娜露出嘲笑表情。

「不過，妳現在就像這樣協助日本的民間軍事企業。身為美國軍人卻和美國敵對。」

「日本是美國的同盟國。新蘇聯進攻日本的時候，你們居然一起企圖暗中破壞，這種不義之舉絕對不被容許。」

「這種事是由五角大廈決定，不是我們這些前線的軍人。」

「唔……」

貝格駁倒莉娜的這段時間，STARDUST也持續攻擊守備隊，逐漸攻進內陸。

莉娜也看見戰況，但要是背對面前的三人，沒命的是她自己。

明白這一點的莉娜，陷入動彈不得的狀態。

「叛徒天狼星，妳在這裡真是太好了。因為可以把妳當成敵對美國的現行犯，光明正大肅清妳！」

就在貝格說完這段話的同時……

她、迪尼布與雷谷魯斯等三名STARS一等星級隊員——和USNA頂尖魔法師融合的三具寄生物，一齊襲擊莉娜。

莉娜以同類型魔法拉開距離時，迪尼布的手槍朝她開槍。莉娜也舉槍回擊，雙方隔著護盾互射。

迪尼布以移動系魔法拉近間距，以大型刀砍下。

此時雷谷魯斯以自我加速魔法突擊，電擊劍砍向護盾。

莉娜停下腳步，貝格趁機以加重系魔法攻擊。

莉娜以分子切割砍開重力場。正確來說是讓分子切割與加重系魔法對空間的事象改寫產生定義上的矛盾，強制結束魔法。

這麼做不只影響到貝卡，也反彈給莉娜。

護盾晃動。雷谷魯斯的劍釋放電擊，打碎莉娜的魔法護壁。

迪尼布手槍射出的子彈命中莉娜左肩。

莉娜身穿的裝甲服擋下子彈，卻沒能完全吸收中彈的衝擊，導致莉娜放開左手的刀。

莉娜在情急之下發動「熾炎神域」。

在狹小範圍產生的高能量電漿，貝格、迪尼布與雷谷魯斯跳開閃躲。

電漿消滅，氣喘吁吁的莉娜在中央現身。

貝格在一瞬間分別和迪尼布與雷谷魯斯的視線相對。

莉娜扣下手槍扳機。

射出的子彈上，增幅貫穿力的魔法沒產生作用。

雷谷魯斯以魔法護壁擋下子彈。

從頭上落下的舞刃陣，迪尼布以手上的刀子擊落。

貝格製造排斥力場，彈飛莉娜的身體。

莉娜從堤防沿線的水泥道路，摔到熔岩原的岩地。

貝格等三人以慎重的腳步走到道路邊完，俯視莉娜。

莉娜好不容易單腳跪地起身。但她無法立刻站起來。

貝格右手朝向莉娜。

莉娜以沒失去鬥志的雙眼仰望貝格，瞪著她。

貝格淺淺冷笑。

迪尼布將手槍槍口，雷谷魯斯將細劍劍尖朝向莉娜。

莉娜不甘心般咬著嘴唇。

接著，戰況出現變化。

一輛淡藍色的飛行車，以看似墜落的速度從天破風而降。

朝著站在路邊的貝格他們降落。

貝格朝飛行車發射排斥力場。

但她製造的排斥力場，在即將完成時消散。

貝格睜大雙眼。

迪尼布與雷谷魯斯也以無法置信的眼神仰望飛行車。

自動車——飛行車在迪尼布前方十公尺處著陸。

飛行車就這麼撞過來要致人於死，三人跳到堤防躲開。

飛行車沒發出輪胎軋轢聲就停止。不是利用和道路的摩擦停止，是對整輛車制動的結果。

駕駛座車門開啟，身穿飛行裝甲服「解放裝甲」的達也，降臨巳燒島的戰場。

從調布到巳燒島約二十多分鐘。

如果以次音速飛完全程，就能以一半的時間抵達。但是從調布開到海面，以及在東京灣內加速的過程，需要花費相應的時間。

還沒到達巳燒島上空，達也就知道狀況嚴苛。他即時接收島上傳來的資料，也捕捉到莉娜和

不過達也無法使用瞬間移動。現代魔法沒有這種魔法。

他強壓湧上心頭的焦躁，專心操控飛行車。

車頭的鏡頭捕捉到巳燒島。

達也幾乎沒減速，趕往化為戰場的島嶼東北岸。

不使用飛機跑道。

達也直接降落在交戰中的堤防沿線道路。

途中，為了妨礙飛行車路線而來襲的反重力魔法，達也以術式解散破解。

道路上也有己方的守備隊，但達也緊急煞車以免撞到他們。

路線上也有敵方個體，但達也完全不顧他們的安危。

——如果能用飛行車撞死，相對可以省下一番工夫。

達也只有這種想法。

三具寄生物以跳躍魔法逃離飛行車的行進路線。達也一眼（光是以「眼」看向他們）就知道這三具是STARS一等星級的末路。

巳燒島的車道是左側通行，但達也無視於規定將飛行車停在右側，走出駕駛座。莉娜痛苦地跪在道路旁邊的岩地。

「莉娜，還能打嗎？」

達也將莉娜的狀態「看」在眼裡。但他依然進行這個無情的詢問。

「可以。」

莉娜全身使勁站起來。雖然踉蹌了一下，但她用力踩穩勉強免於摔倒。

「我立刻消除。掩護我。」

達也不等莉娜回應，就轉身面向堤防的三人。

不過達也冰冷的聲音帶給莉娜背脊打顫的戰慄，她不知道該如何回應。

貝格使出魔法，要將達也連同飛行車擊飛。

但是在魔法式固定在情報體的前一刻，她的魔法反而被擊飛。

被達也全身釋放的高壓想子流捲走。

「術式解體？」

貝格和迪尼布說出相同的話語。

達也舉起右手。

手上沒有手槍形態的ＣＡＤ。

就只是指向對方。

以裝甲內藏的完全思考操作型ＣＡＤ發動「雲消霧散」。

時間延遲等於零。

甚至沒觀測到消除領域干涉的時間。

甚至沒觀測到剝除情報強化的時間。

甚至沒觀測到切離生體組織分子間結合力的時間。

雷谷魯斯的身體在短短一瞬間消散。包括衣服與演算裝置，什麼都不留。

唯一留下的是身披想子外衣的靈子情報體。

寄生物的主體。

達也左手向前伸直。

穿甲想子彈發射。

目標不是「曾為雷谷魯斯的個體」。

以「抗拒」之意念壓縮的堅硬想子砲彈命中貝格胸口，她身體劇烈抽搐，在堤防上四腳朝天落海。

穿甲想子彈不是只有這一發。

雷谷魯斯瞬間消滅，貝格一中彈就從戰場脫隊。

看見離譜事實而愣著不動的迪尼布，被達也的穿甲想子彈襲擊。

迪尼布朝堤防這一邊滾落。

愣著不動的不只是迪尼布。

莉娜打開頭盔的護目鏡，呆呆看著在路面打滾的迪尼布。

剛才苦戰到那種程度的三人，達也居然瞬間擺平，她難以置信。

「莉娜，幫我看著那個女的。」

達也知道莉娜受到打擊，也知道莉娜因為誤解而高估他的戰鬥力。達也能在短時間內擺平三名「步上末路的STARS」，主因在於先發制人。

但是現在沒空說明這一點。

寄生物主體出現，還沒以非物質生命體的形式活動。這一幕是重頭戲，也是勝負關鍵。

達也在體內精煉想子，朝著寄生物主體釋放。

不是術式解體那樣從正面的單一方向，而是前後左右上下，六個方向同時進逼。

寄生物試著推回達也的想子流。

理解到不可能成功之後，立刻主動順著流向想逃離現場。

但是前後左右以相同強度壓迫，上下穩穩按住寄生物。

寄生物以想子製作外殼，試著保護內側的靈子情報體。

但是這層想子遭受外部湧過來的想子流侵蝕。

寄生物一邊自然旋轉，一邊被滲入外殼不屬於寄生物本身的想子固定。

達也釋放的想子流，逐漸聚合在小小的區域。

最後，所有想子固定在直徑三公分的球狀空間內。

浮在堤防水泥地十公分處——相對高度十公分處，直徑三公分的非物質球體。

「封玉」囚禁了「曾是雷谷魯斯的個體」。

深雪與水波依照達也的吩咐回到病房。深雪坐在單人沙發看書，水波坐在調整成斜倚的病床繼續用功備考。

翻閱電子紙頁的深雪忽然抬起頭。

「……真快。一直在監視嗎？」

「深雪大人？」

水波以為深雪在問她，詢問這句話的意思。

但深雪這句話是稍微大聲的呢喃。

「水波，來了。」

就算這麼說，水波也沒忽略水波的問題。

「您說的……難道是？」

水波闔上課本（關閉終端裝置電源的意思），雙腳下床。身上不是睡衣，所以免於落入匆忙換裝的窘境。

「嗯。」

深雪點頭回應，以對講機呼叫警備室。夕歌在小小的畫面登場。

『深雪表妹，客人來了。』

深雪還沒開口，夕歌就先這麼告知。

「從六個方向感覺到寄生物的氣息。」

『……妳真清楚。感應器的反應也和妳說的一樣。』

深雪的魔法知覺也大幅凌駕於魔法師的平均水準，但是相較於卓越的作用力就令人覺得差了一截。夕歌的驚訝正是基於這個先入為主的觀念……

「我自己也已經從封印解放了。」

『所以這才是下任當家原本的實力嗎？』

夕歌傻眼說完，深雪回以微笑。

『那麼，知道九島光宣在哪裡嗎？』

「感覺光宣的形體很模糊。應該是以扮裝行列與鬼門遁甲偽裝了。」

深雪說得像是舉白旗投降，接著這麼說。

「不過，其他小隊感覺不到光宣的氣息，所以應該在東北方道路接近過來的車輛或某種交通工具上。」

『東北方的自動車吧？我也知會十文字家一聲。』

「好的，麻煩您。」

『深雪表妹請不要離開病房。即使對方入侵醫院，也由這邊處理。』

「知道了。」

『……那麼，先這樣吧。』

深雪過於懂事的態度似乎令夕歌起疑，但她沒追問深雪。

關閉對講機，深雪輕輕嘆口氣。

——感覺哥哥來不及回來。

深雪如此判斷現狀。

但她內心對達也完全沒有不滿或抱怨，對光宣的襲擊也沒有絲毫不安。

◇　◇　◇

光宣在醫院前方約兩百公尺處從密斗貨車下車。這裡周邊大多是高樓，只稍微看得見調布碧葉醫院的頂樓。

六具寄生人偶幾乎和他同時從車斗下車。

其他貨車載的東西也一樣。光宣準備的戰力是三十六具寄生人偶。從前第九研搶來十五具，加上光宣以生駒工廠準備的女機人基體製成二十一具寄生人偶。

寄生人偶的基體是軍用機器戰士，但她們的服裝很休閒。下半身都是及踝長褲，上半身分別是女用上衣、T恤或夏季毛衣等等。現在時刻是大白天，這附近也有一般行人經過。新蘇聯侵略的消息使得今天的行人比以往少很多，但不是完全沒人，也稱不上零星。寄生人偶的打扮混在行人之中也不感突兀。

說到突兀，最為大放異彩的莫過於光宣吧。他沒以魔法變更外型。他擁有的頂尖美貌，使得行人紛紛停下腳步看得入神。人們逐漸被吸引到走向醫院的光宣身邊。

光宣停下腳步。

群眾也停下腳步。

光宣抬頭看向擋住他去路的高大青年開口。

「十文字先生，方便讓我過去嗎？」

「沒想到你會在這種時間現身。」

克人的回應和光宣的要求無關。

「我不是吸血鬼，所以不會只能在夜晚外出。」

光宣半開玩笑回應克人的話語。

「你確實不是普通的吸血鬼。但也不能說你不是吸血鬼。吸血鬼會吸食人血，將人變成人以外的東西。這是虛構的故事，但你是真實的存在。」

克人一臉正經這麼回嘴。

「我深感遺憾。我可不會見到人就襲擊。」

「但你現在想讓一名少女變成人類以外的東西。」

光宣與克人的問答是在街上熙攘的人們面前進行。

也有行人低聲說「電影？」或是「出外景？」相互詢問，但這是少數派。

人們在兩人的對話中感受到無法只以創作解釋的沉重真實。

「十文字先生，請讓我過去。」

光宣再度向克人要求。

「九島光宣，我要逮捕你。」

克人的回答不是單純的拒絕。

「基於什麼罪狀？」

「你未經許可將軍事兵器帶到一般道路。」

克人這麼說的同時，接受十文字家撐腰的便衣刑警現身出示警察手冊。

克人所說「兵器」這個詞，以及像是證實這一點的警察登場，引發群眾驚慌。

「是指寄生人偶嗎……這下子敗給您了。不過這裡這麼多平民，您敢開戰嗎？」

光宣挑釁克人。

「你想殃及市民嗎？」

克人隨著這聲怒吼發動護壁魔法要封鎖光宣。

但在這一瞬間，光宣和他身後不遠處的寄生人偶對調。

不是瞬間移動。和克人開始對話的前一刻，光宣就以「扮裝行列」對調外表與存在感。

光宣以魔法朝便衣刑警施放電擊。

克人的部下以護壁魔法保護便衣刑警。

成為光宣替身的寄生人偶衝向克人。

克人的魔法護壁和寄生人偶的魔法護壁相撞，迸出想子光的火花。這具寄生人偶是擅長反物資魔法護壁的類型。

寄生人偶的魔法傾向於專精特定領域。以欠缺多樣性為代價，在該領域發揮強大的能力。專精護壁魔法的個體，在護壁魔法領域足以和克人抗衡。

雖然這麼說，戰力水準也無法和克人平分秋色。

克人被迫從光宣身上移開視線，但也因而認真戰鬥，不只破壞寄生人偶的魔法護壁，也就這麼壓毀寄生人偶的機體。

克人知道，寄生物的肉體迎接死亡之後，棘手的非物質情報生命體主體會得以解放。推測身為機械的寄生人偶也是相同構造。

因此克人沒有完全破壞寄生人偶，而是破壞到只要修理就能再度啟動的程度。雖然四肢與頭部完全損毀，但女機人的中樞是胸部的電子頭腦與燃料電池。對於機械來說，只要這兩處可以修理就不會「死」。

到這裡為止，都在克人的設想範圍。

但是接下來發生的事情超出他的預測。

寄生人偶自爆了。

克人以護盾魔法抑制爆炸本身。

但是機體自爆之後全毀，寄生物主體得以解放。

自爆的寄生人偶不只這一具。

擋住光宣去路不讓他跑向醫院的十文字家魔法師，遭受寄生人偶的襲擊。

十文字家的魔法師沒能無視於寄生人偶。

為了擠出餘力阻止光宣入侵，十文字家的魔法師不執著於一對一，迅速打倒寄生人偶。

每次打倒，寄生人偶就自爆。

寄生物的主體得到解放。

藉由寄生人類獲得肉體的非物質情報生命體，襲擊十文字家的魔法師。

不只如此，還想襲擊路人或躲在附近建築物的人們。

克人與他的部下非得保護市民不受寄生物主體的威脅。

他們沒有餘力阻止光宣。

◇　◇　◇

達也消除雷谷魯斯的肉體，將寄宿在他身上的寄生物關進「封玉」之後，以相同要領處理迪尼布。

完成的「封玉」只要不受魔法外力干涉，就可以漂浮在相對高度十公分處，維持這個狀態十二小時以上。封印的善後工作，在這段時間交給專家就好。

達也在飛往巳燒島的途中，委託花菱兵庫派遣擁有封印技能的魔法師。達也深信兵庫會完美達成他的要求。

「莉娜，這裡拜託妳了。別讓任何人接近封玉。」

對達也工作表現看得忘神的莉娜，突然聽到達也的吩咐而回過神來。

「封玉？你說的封玉是那個？」

「沒錯。」

對於莉娜的詢問，達也頭也不回就跳上堤防。

莉娜只看得見達也頭盔的後腦杓，不知道他現在是什麼表情，但隱約感覺到他在咂嘴。

達也沿著堤防往東跑。他在追剛才落海的貝格。

貝格受到穿甲想子彈的影響，寄生物的主體浮現在表層。

明明有肉體卻不呼吸，就這麼潛在海中要繞往島嶼東岸。

達也在堤防上以「雲消霧散」瞄準貝格。

大概是貝格體內的寄生物感覺到自己被鎖定吧。

貝格突然浮上海面。

瞬間增強的想子波動，大概是貝格要使用魔法反擊達也。

她成為寄生物之後，魔法發動速度大幅提升。現在寄生物的本性顯現在表層，所以加速程度更加顯著。

不過，寄生物貝格的魔法沒有完成。

建構途中的魔法消散。

保護肉體的魔法剝落。

肉體本身消失。

構成夏綠蒂・貝格肉體的物質成為單一元素分子，某些元素維持原狀，某些元素產生化學反應溶入海中。

到這裡都符合達也的預測。

不過在這時候出現一個誤算。

寄生物的主體沒上浮。

融合的肉體消失，主體顯然會出現。達也「看」得見包覆寄生物的想子外皮，核心的靈子情報體雖然無法分析，卻能感應到其存在。

寄生物在海中漂浮。

這現象違反了這個非物質生命體的相關假設。

成為非物質情報體的寄生物，推測會為了穩定其存在而尋求人類肉體。目前已知寄生物從原本居住的異空間依附在這個世界的人類時，會被人類強烈又純粹的意念吸引而選擇宿主。但若在受邀來到這個世界之後失去宿主，推測會優先潛入讓己身穩定的想子供應源。因為如果人類的意念是絕對條件，就無法說明琵庫希與寄生人偶的存在。

（在害怕……嗎？）

這種存在方式過於異質，但寄生物也是生命體。

既然是生命體，就有自我保存的本能。

或許也基於自我保存的本能擁有恐懼心。

不過寄生物居然會感覺害怕試圖逃走，實在難以令人接受。

（……不，現在這種事不重要。）

寄生物對巳燒島的侵略還沒結束。特別強力的三具實質上已經打倒，但還有十具以上的寄生物還在和守備隊交戰。

達也同樣在意光宣的動向。寄生物的這場侵略，達也確信是用來引他離開的聲東擊西之計。現狀深雪還沒面臨危機，但他必須盡快回到調布。

（直接下手嗎？）

想子是非物質粒子。只會干涉組織化的神經細胞，也不受影響。無系統魔法在海裡使用起來也和陸地上沒有兩樣。

此時，「曾是貝格的個體」突然開始移動。

前往外海。要逃離達也。

達也連忙朝海裡放出想子塊。

朝貝格行進方向投下的想子塊，在近距離追蹤目標之後爆炸。

寄生物失去將近一半的想子外皮，核心的靈子情報體完整無缺被射上半空中。

即使不知道靈子情報體的構造，也知道位於該處。

厚度減半的想子外皮，達也甚至「看見」它的構造。

達也朝著「曾是貝格的個體」使用「封玉」。

◇　◇　◇

待在水波病房的深雪，清楚感應到出現在醫院外的寄生物主體。

「夕歌表姊。」

深雪操作對講機，再度呼叫夕歌。

『什麼事？』

夕歌回應的語氣帶著慌張。

「寄生物的主體正在出現。」

『……我知道。』

「這樣下去市民會受害。夕歌表姊請和您的部下一起去封印外面的寄生物。」

『這樣的話，醫院裡會毫無防備啊？』

「要是市民犧牲，好不容易緩和的反魔法師運動將會再度得勢吧。一定要避免這個結果。」

『可是……』

「入侵的敵人，我會想辦法。」

『……知道了。』

夕歌在小小的螢幕裡不情不願地點頭。

『深雪表妹說的沒錯。為了避免市民受害，我先去封印寄生物主體。醫院裡暫時麻煩妳。』

「夕歌表姊回來之前的短暫時間，我會撐下來給妳看。」

深雪看起來沒有逞強，果斷這麼說。

畫面另一側的夕歌理解到，深雪不把光宣當成威脅。

光宣傾全力使用隱匿魔法，躲在醫院正面玄關旁邊。

成員是他自己，以及從其他地方會合的四具寄生人偶。說來可惜，其他機體都遭到攔截。戰力減少的程度超過預料，使得光宣更加慎重。

近十名魔法師從醫院衝出來。

光宣憑著直覺領悟到，他們是醫院裡負責最終防衛戰的四葉家魔法師。

他慎重將魔法知覺朝向建築物內部。主動的魔法探知有著被發現的風險，所以始終是被動的探知。

（只有深雪留下來嗎……）

即使是被動的探知，也清楚感覺到深雪的氣息。她沒隱藏自己的存在。

因為聲東擊西作戰而離開這裡的只有達也。光宣自己是這麼預測的。

深雪留在水波身旁，這在光宣的設想範圍內。

光宣在奈良看過深雪的部分實力。但他不認為那是深雪的全力。他沒想得這麼天真。

（即使如此，還是比達也……）

——不難對付才對。光宣對自己這麼說，伺機入侵。

醫院的門就這麼開著。

也沒有後續戰力前來的徵兆。

四葉家的魔法師，將注意力集中在解放的寄生物。

拿市民當人質的做法，不是光宣的本意。光宣祈求封印寄生物的四葉魔法師勇猛奮戰，就這麼隱藏身影，和同樣包覆隱形魔法的寄生人偶一起入侵醫院。

四葉分家之一——津久葉家，擅長精神干涉系魔法的魔法師很多。

這次夕歌率領的八人，是在精神干涉系之中尤其精通精神防禦的魔法師。

這八人圍著夕歌形成等距離的圓陣。不，這不是圓陣，應該是八角陣。夕歌在正中央。

八人正確分配在八個方位。

位於西北方的魔法師開口。

「乾。」

位於西方的術士接著說。

「兌。」

西南、南、東南。

「坤。」「離。」「巽。」

東、東北。

「震」「艮。」

然後北方的術士總結。

「坎。」

吸收古式魔法「八卦法」訣竅的精神干涉結界，以夕歌為中心出現。

不是反精神干涉系魔法結界。這個祭壇的效果不只是保護內部術士不受精神干涉系魔法的威脅，也能提升內部術士使用的魔法效力。

夕歌從包包取出手掌大的紙。

以正方形元件為中心，左右是正方形，上方是三角形，連接在下方的正方形元件往左右等分剪開。

是將人類形體抽象化的紙人偶，一種符咒。

夕歌以左手食指與中指夾住符咒，舉到面前。

然後，她不是詠唱咒語。

是以右手操作左手腕戴的ＣＡＤ。

夕歌朝人形符咒投射魔法式。

內含魔法式的符咒，從夕歌的左手起飛。

符咒飛向寄生物。

將核心的靈子情報體吸收！

符咒輕飄飄隨風飛舞。

紙人偶落在八角陣精神干涉結界的內側。

夕歌以手指夾住新的符咒。

大概是察覺危機，一具寄生物朝夕歌施放雷擊。

這個物理現象的魔法，由克人的護盾擋下。

「哎呀，謝謝你。」

「十文字家的魔法師來保護。津久葉小姐請專心封印。」

克人與夕歌在好幾天前就完成自我介紹。

如今克人與夕歌沒浪費時間進行多餘的問候，為了平息這場騷動而各自回到工作崗位。

◇ ◇ ◇

達也回收貼著海面漂浮的封玉，回到莉娜那裡。

守備隊還在和化為寄生物的STARDUST戰鬥，但戰況平分秋色，不再是非得匆忙介入的狀況。要是達也與莉娜加入戰局，應該會在五分鐘內解決。

——乾脆一鼓作氣結束掉吧。

就在達也如此心想的時候，小型裝甲車沿著通往機場的道路接近。

裝甲車車門開啟，花菱兵庫從駕駛座下車。

「達也大人，讓您久等了。」

「兵庫先生。不，你來得正是時候。」

達也打開頭盔的面罩回應之後，看向裝甲車後座的門。裡面肯定坐著他委託的寄生物封印術士。

裝甲車右方的後門開啟。下車的是身穿和戰場不搭的涼爽連身裙，比達也小一歲的少女。

「亞夜子？」

達也的語氣透露意外感。

四葉的魔法師分成兩種。分別是精神干涉系魔法天分優秀的魔法師，以及擁有獨特強力之罕見魔法的魔法師。

達也與亞夜子都是後者，沒有精神干涉系魔法的天分。不過寄生物封印術士肯定也需要精神干涉系魔法的天分才對……

「達也先生，您好。好了啦，文彌！達也先生來了喔，快點下車！」

不過亞夜子接在問候後面的這段話消除疑問。文彌的拿手魔法「直結痛楚」是精神干涉系魔法。文彌和光宣的戰鬥以兩敗俱傷結束之後，本家大概將封印術式傳授給他了，所以這次像這樣接受達也的邀請。

不知為何拖拖拉拉的文彌走下裝甲車。

達也一時不知道該怎麼打招呼。

「文彌……不，是『闇』？」

「請叫我『闇』……」

文彌的臉和下半身穿的褲裙一樣紅通通的，以細如蚊鳴的聲音回應。

「這樣啊……闇，這身打扮是？」

「我……我說過不想穿了！」

文彌以哽咽的聲音向達也述說不滿。

「使用封印術式必須這麼穿，所以也沒辦法吧？」

亞夜子的語氣像是不想理會。前來這裡的途中，她肯定聽文彌抱怨聽到膩了。

「封印必須這麼穿？」

達也詢問的對象改成亞夜子。原本沒這種閒暇時間，但他忍不住這麼問。

「封印寄生物的魔法，原本好像要五人以上的術士。」

亞夜子這番話是在回答達也，同時也是在規勸文彌。

「不過這次將人員分配到東京，人數湊不齊。」

「原來如此。所以文彌一個人來？」

文彌是四葉分家黑羽家的繼承人。原本必須輔佐父親貢率領黑羽家的魔法師。派遣這樣的文彌到巳燒島，應該是看重他足以提名為四葉本家下任當家候選人的魔法力吧。

只不過光是這樣，無法理解文彌為何穿成這副德行。

「異性服裝好像有某種加強古式魔法威力的效果。」

異性服裝。女性穿男裝。男性穿女裝。

「所以闇打扮成巫女的樣子？」

是的。文彌的服裝上半身是白色單衣，下半身是紅色褲裙，腳上是白色襪子加草鞋，假髮不是以往的鮑伯頭，是在身後綁成一束的直長髮。

從哪個角度怎麼看都是「美少女巫女小姐」。

「是的。當家大人說，不足的人數必須以這種形式來補強魔法。」

「這……真是抱歉啊。」

達也不禁由衷向文彌道歉。

他要求封印術士前來是必要手段，文彌卻因此成為真夜的玩具，這對達也來說是無法預測又情非得已的演變。

「……不，錯不在達也哥哥。而且，我只是盡到我的職責！」

文彌對自己打氣。

早點封印完畢，就可以早點從巫女扮裝解脫。他打的算盤在旁人眼中顯而易見。

「這樣啊。那麼先重新封印這三具吧。」

總之當前不應該挫文彌的幹勁。

如此心想的達也沒多嘴，將封印「曾是雷谷魯斯的個體」、「曾是迪尼布的個體」以及「曾是貝格的個體」的三顆封玉指示給文彌看。

「這是……達也先生做的？」

亞夜子與文彌以興致盎然的眼神注視封玉。

「看起來封印得很穩固啊……？」

對於文彌的疑問，達也搖了搖頭。

「不，封玉的效果大約半天就消失。而且在非物質的狀態，保管或移送都不方便。」

「說得也是……我知道了。」

文彌繞到裝甲車後方左側的門，拿著像是藥箱的木箱回來。

打開蓋子一看，裡面放著十六個沒畫臉的人形木偶。車上還有兩個相同的木箱。

文彌從箱子裡抽出一個人形木偶。

亞夜子從頗大的運動背包取出紅色毛毯鋪在道路。

「開始。」

文彌將木偶放在封玉前面，自己坐在紅毛毯上，拿起插在腰帶上的細長手機造型ＣＡＤ。

達也與莉娜靜靜從文彌以及守護文彌的亞夜子身旁離開。

「達也……」

莉娜以鬱悶的語氣叫達也。

達也默默看向莉娜，催她說下去。

「文彌他……」

莉娜剛逃亡過來的時候接受黑羽家的照顧，所以當然認識文彌。

「你覺得他很快就能換回原本的衣服嗎？」

「盡快打倒戰鬥中的寄生物吧。方便文彌立刻封印。」

寄生物還有二十具。

達也沒隱藏「請節哀」的表情，如此回答莉娜。

氣氛的緊張感不知不覺變得稀薄。

然而達也通訊機收到的緊張聲音，將輕鬆的氣氛一掃而空。

◇◇◇

入侵醫院的光宣與四具寄生人偶，爬樓梯來到四樓。水波病房所在的樓層。

從醫院入口到四樓走廊，光宣都沒遭到妨礙。別說被警衛叫住，甚至沒看見半個警衛。

（陷阱……嗎？）

很難想像這裡沒有提防光宣。不只是警衛，也沒有其他住院患者或看護人員。

不過如果是陷阱，會是什麼樣的陷阱？光宣完全猜不透。

醫院裡只有水波與深雪的氣息。

不管設下何種陷阱，這都像是在叫光宣帶水波走。現狀甚至令光宣這麼認為。

——毛毛的。

這種想法使得腳步自然變得沉重。

寄生人偶沒有「毛骨悚然」之類的情感。但是和主人同步的她們，腳步變得緩慢。

花了比平常近兩倍的時間，光宣與寄生人偶才抵達病房門口。

沒有從室內攻擊的徵兆。

光宣深呼吸一次，指示一具寄生人偶突擊。

寄生人偶打開沒上鎖的門，踏入病房。

下一瞬間，光宣看見雪白閃耀冰原的幻覺。

自己站在毫無生命氣息，籠罩著絕對寂靜的寒冰世界。

這幅幻影帶來的壓迫感，使得心臟簡直快要停止。

然後，他察覺了。

踏入病房的寄生人偶停下腳步。

不只是動作停止。

絕對不只是物理層面的僵直。

戰鬥用女機人成為寄生人偶的主因——寄生物的主體停止活動。

精神生命體「凍結」了。

寄生人偶像是被撞飛般回到走廊。

撞上和房門反方向的牆壁，就這麼雙腿一軟倒在走廊。

雖然光宣不知道，但是寄生物連結的電子頭腦功能被凍結，失去機體的控制權。

病房的門就這麼開著。

沒有任何人走出來的徵兆。

要是任憑時間經過，警備的魔法師會回來。

不只如此，達也或許現在就會回來。

光宣不覺得雷谷魯斯等人拖得住達也多久。

認為他們戰勝達也的可能性是零。

現在，時間是光宣的敵人。

光宣命令三具寄生人偶突擊。

自己則是發動最強的扮裝行列與鬼門遁甲緊跟在後。

「悲嘆冥河。」

這聲低語，大概是至少告知死神之名的慈悲吧。

絕對零度的冰雪世界再度來襲。

光宣展開的扮裝行列幻影凍結了。

鬼門遁甲完全不管用。

要不是以扮裝行列保護身體……更正，保護內心的話，自己的精神已經迎來凍死。光宣被迫直覺理解這一點。

寄生人偶脫力倒地，沒有任何外傷。

光宣和深雪隔著化為普通人偶的女性型機械對峙。

靜靜佇立的深雪，愣在原地的光宣。

不動的深雪，動不了的光宣。

先開口的是深雪。

「礙眼。」

深雪說著輕輕揮動右手。

倒在地上的寄生人偶，被掃到房間角落集中。

「剛才的是……？」

光宣呻吟般詢問。

他問的不是移動人偶的單純移動系魔法。

深雪也沒有誤解。

「精神凍結魔法『悲嘆冥河』。我的王牌。」

深雪以聲音冰冷卻感覺不到敵意的語氣，回答光宣的疑問。

「精神凍結魔法……？」

光宣愕然低語。

他肯定想問：「那是什麼？」

但深雪這次沒回答這個問題。

「光宣，你失算了。」

「失算……？」

「你以為我比達也大人弱吧？」

「…………」

「我確實比達也大人弱。」

光宣下意識嚥了一口口水。

深雪不是以魔法，而是以話語造成的緊張，拘束光宣的身體。

「不過寄生物的天敵不是達也大人，是我。」

深雪語氣裡僅存的親切感消失。

「我殺得死寄生物主體。寄生物是精神生命體，無法對抗我的悲嘆冥河。」

「精神凍結魔法……將精神凍死的魔法嗎……」

「悲嘆冥河是將精神靜止的魔法。從物理學可以得知，原子在絕對零度也不會停止振動。不過承受悲嘆冥河的精神將完全靜止，再也不會活動。」

「精神層面的……絕對零度……？」

「精神要是和肉體這個確切的存在斷絕連結，將會無法維持情報體而消散。意味著精神生命體的消滅。」

「……唔……」

深雪這番話是對的。光宣不得不承認自己失算。

光是引達也離開還不夠。若是企圖聲東擊西，引離深雪反而比較重要。

「光宣，離開這裡。」

「咦？」

露出意外感的不只是光宣。

站在深雪旁邊，旁觀深雪與光宣的水波，也默默顯露意外感。

「逮捕你是達也大人的工作。我只要能保護水波就好。」

「…………」

「逃吧，光宣。我不會追。」

無須解釋，光宣就知道深雪這番話沒有虛假。要是在這裡收手，自己就逃得了。光宣在心中找出如此呢喃的卑劣自己。

「……辦不到。」

正因如此，所以光宣無法接受深雪的勸告。

「我來到這裡是要拯救水波小姐。不能為了自保而退縮。」

光宣知道自己在做傻事。但他也沒自信製造出下一個機會。

——這次，或許是最後一次。

——要是錯過現在，水波將遙不可及。

這個想法阻止光宣做出聰明的選擇。

「這樣啊……真可惜。」

深雪朝光宣伸出右手。

悲嘆冥河不需要發動的動作。

這是為了給光宣改變主意的時間，逃離這裡的時間。

深雪不擔心遭受光宣攻擊。剛才的悲嘆冥河擦過光宣的精神，暫時削弱光宣的魔法技能。深雪已經看穿這一點。

即使如此，光宣還是沒逃走。

深雪維持右手伸直的姿勢，臉上表情完全消失。

接著……

「請住手！」

發出制止深雪的聲音。

聲音來自水波。

水波不是纏住深雪哀求，而是跑向光宣，背對著他張開雙手。

袒護光宣，擋在深雪面前。

「水波，妳在做什麼……」

深雪睜大雙眼，愣在原地，愕然低語。

但她立刻回神。

深雪沒試著說服水波。

——水波也不知道自己在做什麼。

——更重要的是，以她現在的姿勢，不知道陷入絕境的光宣會做出什麼事。

這是深雪的判斷。

深雪準備發動悲嘆冥河。

「水波，住手！」

同時放聲制止想要全力發動護壁魔法的水波。

「深雪大人，求求您！請住手！」

「為什麼……？」

深雪變得不敢輕舉妄動。要是自己使用魔法，水波也會使用魔法。

深雪的悲嘆冥河不是引發物理性質的事象改寫。水波的魔法護壁防不了悲嘆冥河。

但若為了防禦悲嘆冥河而擠盡魔法力，水波的魔法演算領域可能會燒光，生命也會耗盡……

「水波小姐，抱歉！」

光宣趁著深雪迷惘時行動。

他的手摟住水波的腰。

光宣從後方抱著水波，維持這個狀態向後跳。

不是破窗，是在空中滑向階梯。

深雪也衝出病房，但是水波隔著光宣肩膀看過來的視線，使得深雪放不了魔法。

要是深雪發射魔法，水波會防禦。

這份預測，這份恐怖，束縛深雪的心。

光宣從階梯轉角平台的窗戶逃出醫院。

深雪沒有餘力目睹這一幕。

她跑回病房，操作失誤好幾次才成功撥打達也的通訊機。

『哥哥，水波她……！』

深雪悲痛的叫喊，喚回達也內心差點失去的緊張。

「深雪，發生什麼事？」

達也壓抑著連同緊張被喚醒的焦躁，努力冷靜反問。

『水波被光宣……！』

「抓走了嗎？」

『是的！不對！』

大概是完全亂了分寸，深雪講話完全不得要領。

「深雪，我立刻回去妳那裡。」

但是達也沒追問深雪。

「深雪，聽到了嗎？我要回到妳身邊。」

『……好的。』

達也堅定的話語，稍微去除深雪的狼狽。

「深雪，我會陪著妳。」

『是……是！』

達也暫時結束和深雪的通訊，轉身面向莉娜。

「達也，你去吧。」

達也還沒搭話，莉娜就先對達也這麼說。

「這裡由我負責。你快去深雪那裡。」

「拜託了，莉娜。」

達也沒對亞夜子或文彌打招呼就跑向飛行車。

還沒在駕駛座坐穩，飛行車就緊急起步。

車聲引得亞夜子轉身。

在亞夜子、莉娜以及默默旁觀狀況的兵庫目送之下，淡藍色的飛行車起飛前往東京。

〔追跡篇待續〕

後記

以上是本次獻給各位的《魔法科高中的劣等生》第二十七集〈急轉篇〉。各位看得愉快嗎？

由於沒有比較對象，所以或許只是鑽牛角尖，但我自認在取標題或副標題的時候相當猶豫不決。製作系列大綱的時候姑且會暫定副標題，但是在執筆之前重新檢視大綱的階段會再度為副標題苦惱。

也有在這個階段變更副標題的例子。例如〈古都內亂篇〉在劇情大綱的階段叫做〈京都謀略篇〉。相對的，也有一直想不到好標題，就這麼採用大綱階段標題的例子。〈動亂的序章篇〉就是此例。〈師族會議篇〉也一直苦惱要不要改成〈十師族風波篇〉，但最後採用當初提案的〈師族會議篇〉。

這次是至今最苦惱的一次。原本在第二十四集的階段全面修改過劇情大綱，所以一開始準備的副標題變得不能用，不過在修改階段，第二十七集究竟要和第二十六集統稱為〈入侵篇〉上下集？還是〈背信篇〉？抑或是〈急轉篇〉？我一直苦惱到正式執筆的前一刻。

若要定為〈入侵篇（下）〉就必須趕在第二十六集出版前決定，所以不能花太多時間。到頭來，〈入侵篇〉上下集的提案作廢，〈背信篇〉洩漏劇情的要素過於強烈，因此以〈急轉篇〉為副標題開始撰寫，不過老實說，我在寫完初稿的階段還在苦惱。

反倒是下一集的副標題〈追跡篇〉，幾乎沒苦惱就決定了。取這個副標題的原因，看過本集〈急轉篇〉的各位應該就會知道。再下一集的副標題在我心中也幾乎定案，不過這方面洩漏劇情的要素強烈，所以目前保密。

下一章〈追跡篇〉預定分成上下集。不用說，主題當然是達也對光宣的追跡，不過一高的同學們也會同時一起大顯身手。將輝與茜這對兄妹和劉麗蕾的劇情也沒有就此結束。〈追跡篇〉我想將會是精彩連連的一集。

劇情持續急轉直下的《魔法科高中的劣等生》，請各位陪同一起走到最後。

本次也謝謝各位閱讀本作品。

（佐島　勤）

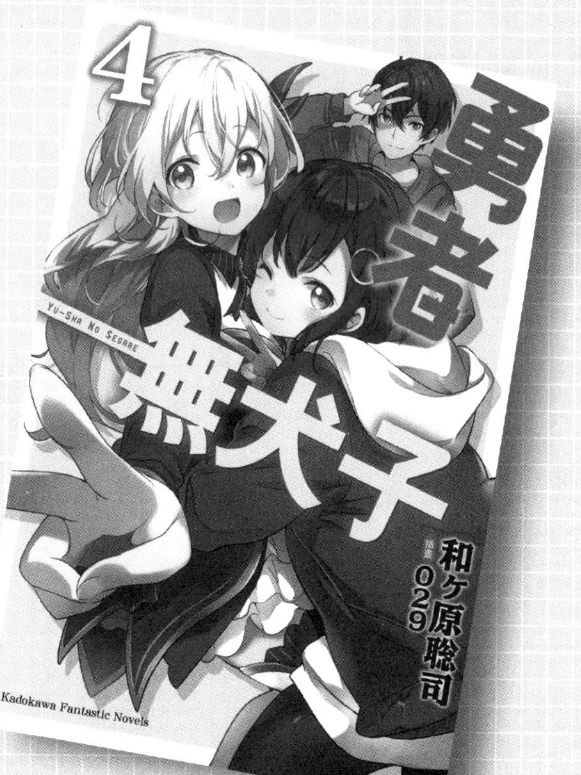

打工吧！魔王大人 1~21（完）

作者：和ヶ原聡司　插畫：029

日本2021年宣布製作第二季電視動畫！
打工魔王的庶民派奇幻故事大結局!!

魔王與勇者一行人前往天界挑戰神明的滅神之戰最後將會如何發展!?勇敢追愛的千穗可否獲得幸福!?優柔寡斷的真奧到底情歸何處!?這群來自異世界的人能否繼續在日本安身立命過著安穩的生活呢!?平民風格的奇幻故事，將迎來感動的結局！

各 NT$200~300／HK$55~100

魔法科高中的劣等生

司波達也暗殺計畫 1 待續

作者：佐島 勤　插畫：石田可奈

以敵人的觀點認知、描寫司波達也的
「魔法科高中的劣等生」外傳系列全新展開!!

西元二〇九四年春季。以暗殺為業的少女榛有希，想除掉目擊她任務現場的男國中生，但擁有「身體強化」超能力的她完全敵不過這名神祕少年——司波達也。超乎常理的少年與暗殺者的少女，兩人的邂逅將命運改寫得愈來愈離奇。

NT$220/HK$73

食鏽末世錄 1~2 待續

Kadokawa Fantastic Novels

作者：瘤久保慎司　插畫：赤岸K　世界觀插畫：mocha

面對企圖奪回僧正寶座的克爾辛哈，搭檔間的羈絆能否贏過他的暴虐無道!?

畢斯可和搭檔美祿為了治療「食鏽」造成的特殊體質，潛入宗教大熔爐島根的中樞「出雲六塔」。然而野心勃勃的不死僧正克爾辛哈卻擋住了他們的去路，還突然偷走他的胃，使得畢斯可的性命只剩下短短五天!?貫徹熱血羈絆，怒濤般的冒險故事再度開演！

各 **NT$250~280/HK$83~90**

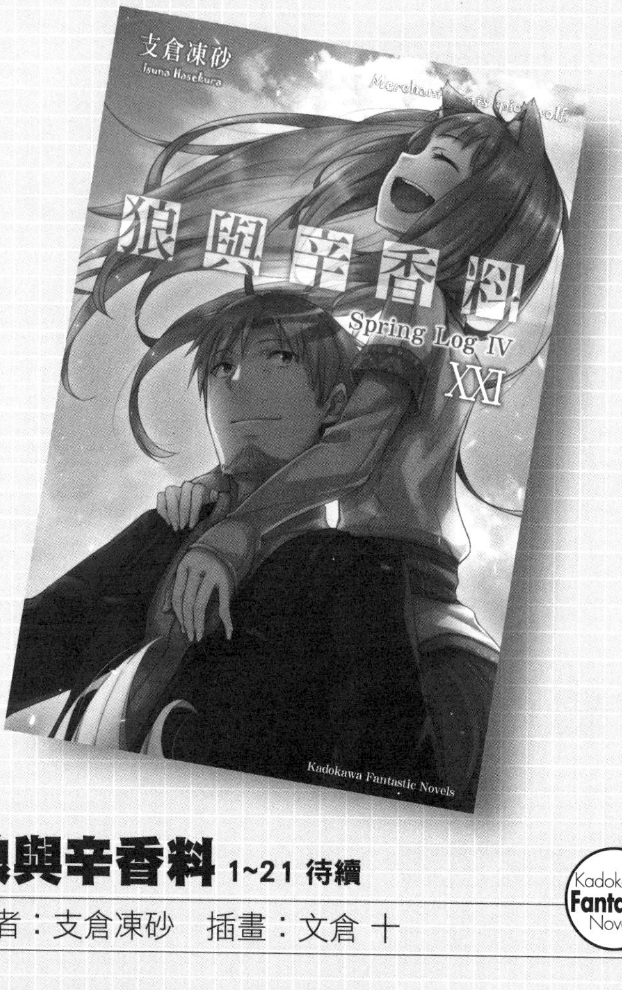

狼與辛香料 1~21 待續

作者：支倉凍砂　插畫：文倉 十

赫蘿與羅倫斯的旅程後續第四彈！
兩人為女兒展開睽違十多年的長途旅行！

為見女兒一面，溫泉旅館老闆羅倫斯與賢狼赫蘿展開睽違十多年的長途旅行。兩人在旅途中找個城鎮歇腳，沒多久就聽到繆里的傳聞。而且內容和他們所熟知的搗蛋鬼完全相反，竟然有人稱呼她「聖女繆里」──？延續幸福的第四集，開幕！

各 **NT$180~240/HK$50~68**

喜歡本大爺的竟然就妳一個？ 1~8 待續

作者：駱駝　插畫：ブリキ

「勝利的女神」以活潑公主的樣子出現？
棒球少年與自由奔放少女一起度過了夏天……

「勝利的女神」這種東西，會突然從體育館後面的樹上掉下來耶，還會不客氣地一腳踩進我的內心世界。投手和球隊經理漸漸縮短了彼此之間的距離……應該是這樣，可是有一天，公主突然對我說「再見」，然後就消失了。就先聽我說說這個故事吧。

各 **NT$200~250/HK$60~83**

重裝武器 1~14 待續

作者：鎌池和馬　插畫：凪良

超級重度虐待狂當長官已經是普遍性的事實！
這次的近未來動作故事一樣要讓主角過得慘兮兮！

「情報同盟」的巡洋戰艦在海濱沙灘上擱淺了。庫溫瑟等人基於國際公約的各種麻煩要求被迫展開救難行動，他們奉命在神童計畫「馬汀尼系列」中的一人，芮絲．馬汀尼．維莫特斯普雷的指揮下與敵國「情報同盟」最新式戰車隊展開合同作戰！

各 **NT$220~320/HK$73~100**

國家圖書館出版品預行編目(CIP)資料

魔法科高中的劣等生. 27, 急轉篇 / 佐島勤作 ; 哈泥蛙譯. -- 初版. -- 臺北市 : 臺灣角川, 2020.01

面 ; 公分. -- (Kadokawa fantastic novels)

譯自 : 魔法科高校の劣等生. 27, 急転編

ISBN 978-957-743-514-9(平裝)

861.57 108019524

Kadokawa Fantastic Novels

魔法科高中的劣等生 27
急轉篇

（原著名：魔法科高校の劣等生27 急転編）

2020年1月31日 初版第1刷發行
2022年7月25日 初版第2刷發行

作　者：佐島 勤
插　畫：石田可奈
日版設計：BEE-PEE
譯　者：哈泥蛙

發行人：岩崎剛人
總編輯：蔡佩芬
編　輯：黎夢萍
美術設計：黃永漢
印　務：李明修（主任）、張加恩（主任）、張凱棋

發行所：台灣角川股份有限公司
地　址：104台北市中山區松江路223號3樓
電　話：（02）2515-3000
傳　真：（02）2515-0033
網　址：www.kadokawa.com.tw
劃撥帳戶：台灣角川股份有限公司
劃撥帳號：19487412
法律顧問：有澤法律事務所
製　版：巨茂科技印刷有限公司
ISBN：978-957-743-514-9